元英雄パーティの
荷物持ちおっさん、転生して現世ダンジョンを無双する
～二回目の人生は『荷物持ち』を極めて学園ランキングを駆け上がる～
(著)とーわ
Towa
(illust)オウカ

「たぶんこのスキルを使えば、
薬草を楽に運べるようになると思う。始めるよ」
《スキル『圧縮』を発動　対象物をチップに変換します》

[ふじわらつかさ]
藤原 司

[ななみやしろ]
七宮 白

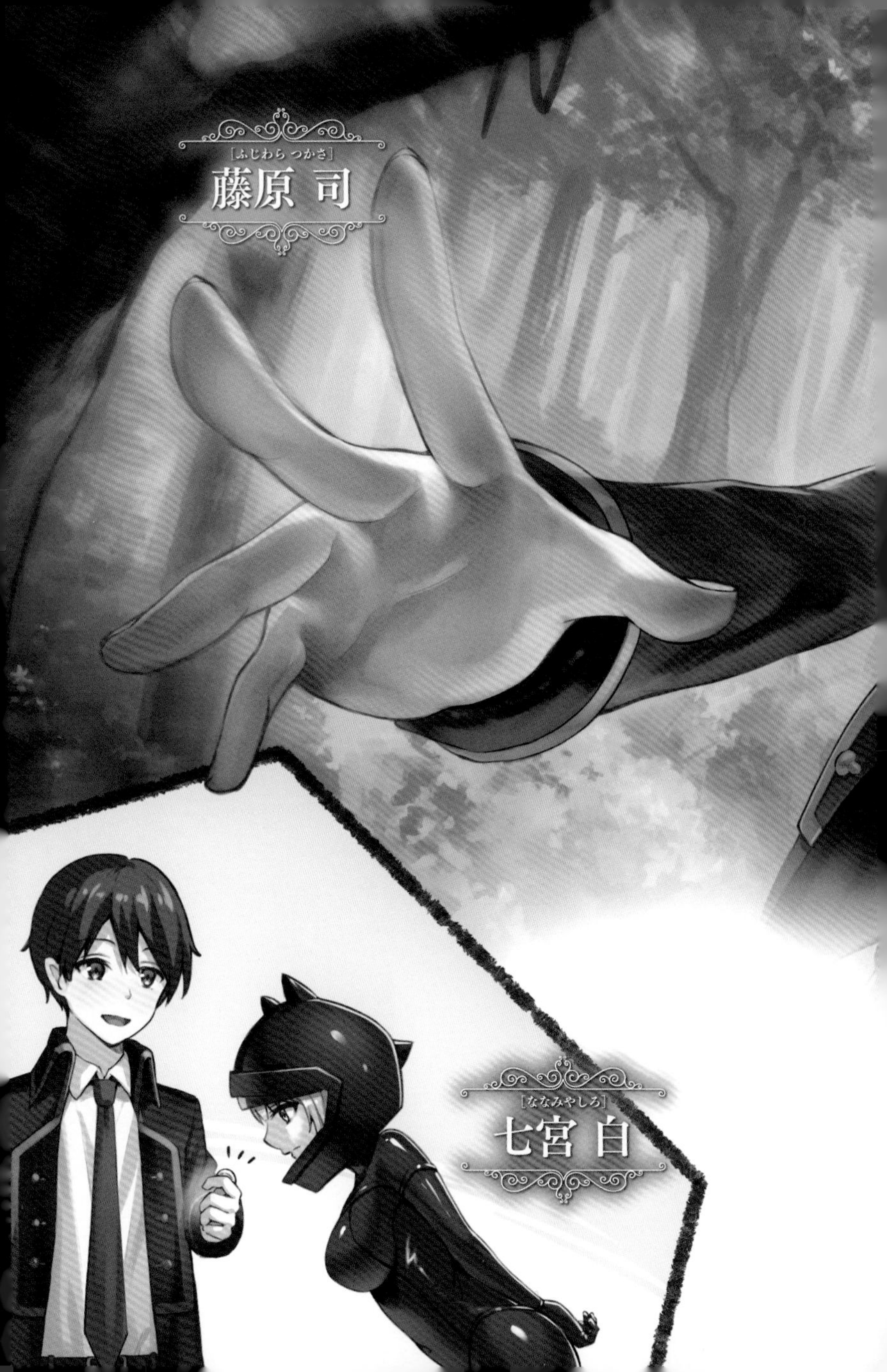

CONTENTS

プロローグ　探索者学校　1年D組　P6
第一章　新たな季節　新たな出会い　P14
第二章　寮生活の始まりと学校生活　P63
第三章　ダンジョン実習　予期せぬ試練　P125
第四章　代理投稿でいつの間にかバズってしまった件　P188

「あーあ、今日は後で配信するつもりだったのに。
学年ランキングで一位取るためには、
コツコツ投稿するのが大事なんだから」

［かしの えりさ］
樫野瑛里沙

元英雄パーティの
荷物持ちおっさん、
転生して現世ダンジョンを無双する
～二回目の人生は『荷物持ち』を極めて
学園ランキングを駆け上がる～
(著)とーわ
Towa
(ill)オウカ

プロローグ　探索者学校　1年D組

探索者学校。通常の高等学校とは異なり、ダンジョン探索者を育成するという目的で作られたそこには、毎年多くの生徒が集まる。

探索者学校だからといって、進路が探索者のみに限られているわけではない。しかし世界的にダンジョンの存在が広く認識され、トップ探索者が富と名声を得るようになってくると、探索者になることは決して無謀な選択ではなく、成功者となるための一つの道として現実的なものとなった。

俺――藤原司《ふじわらつかさ》は、探索者になること自体は物心ついた頃から決めていた。

いや、生まれる前から決めていたと言ってもいいだろう。


この世界で藤原司として生まれてくる前に、俺は別の世界で冒険者をやっていた。

前世で所属していたのはいわゆるトップパーティ――国を救う英雄と言われていたパーティの、正式メンバーではない一種のサポーター。

『荷物持ち』。俺はその職業でやり残したことがあった。

だから次の人生があるとしたら『荷物持ち』を極めたい。

俺を転生させた存在にそう伝えたら、ひどく困惑されたことを覚えている。

◆◇◆

中学を卒業して、俺は探索者学校に入学した——初日の試練といえば、新しいクラスでの自己紹介だ。

「日向《ひゅうが》騎斗《ないと》くん、職業は『聖騎士』ですね」

わっ、と周囲が湧く。日向というのは出席番号的には俺より一つ前の生徒で、入学早々にクラスで注目を集め、その『職業』にも期待が集まっていた。

職業というのは仕事という意味じゃなく、個々人の持つ天性の能力を示している。誰にでも職業はあるが、それを判定される機会が今ということだ。

「やっぱり『三大名家《めいか》』は違うよな、聖騎士とかめちゃ強そうじゃん！」

「ナイト君……じゃなくて、ナイト様。ああ、照れてる顔もカッコいい……」

「みなさん静粛に。聖騎士はランクAの職業なので、日向くんは驚くような活躍をしてくれそうですね。判定で出たステータスはスマホに送っておきます」

「ありがとうございます、先生。期待に応えられるように、みんなと一緒に頑張ります」

誰とはなく拍手が起きる——日向はみんなに爽やかな笑顔を振りまいている。まるでアイドルか何かのような扱いだ。

「では、次は藤原くん。藤原司くん、壇上に上がってください」

「はい」

今は学園の高等部に入って最初の『職業判定』の時間だ。

日向と入れ替わりで壇上に上がると、若い女性がこちらに近づいてきた。

彼女が担任の伊賀野《いがの》先生だ。まだ大学を出たてのような雰囲気で、メガネをかけて髪をアップにしている。

「藤原くん、緊張することはありませんよ」

「は、はい……」

俺より先生の方が少し身長が低いので見上げられる感じになるが、そうすると彼女の緩めている胸元が――と、それはいけない。

しかしどうにも異様な雰囲気だ。日向が『聖騎士』で、その後に続く俺は一体何なのだろう、と好奇の視線が集中している。

「では、職業の解析ツールをお渡ししますね」

解析ツールというのはカードみたいなもので、これを持って念じるだけで職業をはじめとしたステータスのデータが採れるらしい。

判定が終わったあと、カードを先生に渡す――すると。

「……まあ……これは……」

先生がメガネのつるをくいっと上げる。クラスメイトの視線が俺に集中する――そして。

「藤原くんの職業は……」

伊賀野先生がもう一回解析ツールを俺に向けてかざす。その顔がみるみる気まずそうに変わっていく。

「職業は……『荷物持ち』ですね」

あらかじめ自分の職業が分かっていた俺には、特にショックでもなんでもない事実。

だがそれが、世間的にどういう認識を受けているのかというのも分かっている。

「『荷物持ち』って荷物持つのが役割なんすか？　それなら俺ら自分でできるんすけどー」

声の大きな男子生徒が大袈裟《おおげさ》な身振りとともに言うと、教室に笑い声が起きた。

そう――『荷物持ち』はなめられている。優秀な探索者となるために必要なものは分かりやすい強さで、サポート役と見られる職業は下に見られていた。

「『荷物持ち』はちゃんと国家に認定された職業なんですよ……ええと、ランクはEになりますが」

「あたしが『荷物持ち』お願いしてもいい？　今日の帰りからカバン持ってもらったりして」

「それってただのパシリじゃね？」

「そんなことを言っては駄目ですよ、クラスの大切な仲間なんですから」

なかなか居心地が悪いというか、すでにこのクラスにおける最下層と認定されてしまった感がある。

だが、俺にはこの学園でやらなければならないことがある。その一つが、なるべく優秀な成績を取ることだ。

リアルな話にはなってしまうが、俺は奨学生枠に応募して入学している。奨学金は返還の義務があるので、三年間の学園生活で学年首席か次席の成績を取るか、自分で稼いで返すほかはない。

『荷物持ち』で成果を出すにはどうすれば――早速考えを巡らせながら、俺は窓際一番うしろにある自分の席に戻った。

隣の席の女子から視線を感じるが、やはり可哀想《かわいそう》に見えるのだろうか。まあ、我ながら悲惨な学園デビューを決めてしまったが。

「では、明日からはダンジョン実習も始まりますので、心して登校してきてください」

今やっているのは、入学初日の締めくくりとなる帰りのホームルームだった。

挨拶をして解散となったあと、他のクラスメイトに囲まれていた日向がこちらにやってくる。

「藤原くん、僕は『荷物持ち』ってとても良い《い》職業だと思うよ」

「えー、ナイト君それってパーティに誘ってるんですか?」

「ナイト様は私たちと組むから、藤原くんは遠慮してね」

俺が返事をする前に、日向は女子たちに引っ張られて歩いていってしまった。言われたい放題だが、この歳頃《としごろ》の娘に怒っても仕方がない――って、彼女たちは俺と同い年で、向こうが生まれた月の方が早い可能性もある。

(そりゃ聖騎士は強いだろうけどな……荷物持ちには、荷物持ちの役割があるんだけども。パーティを組むのは難しそうだなあ)

すぐに帰る気にもならず、スマホに送られてきたステータスのデータを確認してみる。専用のアプリがあって、そこに記録されていた。

名前：藤原司　15歳　男
学籍番号：01３９４２
職業：荷物持ち　ランクE
レベル：3
生命力：30／30　魔力：10／10
筋力：15（F）
精神：15（F）
知力：10（F）
敏捷《びんしょう》：15（F）
幸運：5（F）

（前世でも数値で能力値が分かったけど、だいぶ下がってるな）

この数値が低いのか高いのか分からないが、たぶん高くはないだろう。他の人のステータスを教えてもらってショックを受けそうだ——そこまで極端に低いとは思いたくないが。

（運が悪いってちょっと嫌だな……まあ狙って上げられるもんでもないだろうから……ん？）

スキル：！

ステータスのスキル欄には、スキルの記載はないのだが、『！』という記号が表示されている。

「……なんだ？」

触ってみたら何か起こるんだろうか。教室に残っている生徒はこちらを気にしていないようだが、念のため見られないようにして触ってみる。

不明スキル：△▽↑←　×◯α□

表示に異常が起きている――のだろうか。

しかし俺には、この記号の羅列の意味が読み取れる。これは『固定』『圧縮』と書いてあるのだ。

(異世界の言語……こんなだったか？　スマホのステータスアプリで俺のスキルの存在は感知できても、詳細が分からなくてバグってる……とか？)

『固定』『圧縮』という言葉が意味するものについて考えているうちに、俺は転生する前に、女神とおぼしき人物と話したことを思い出していた。

『荷物の所持数を増やしたい……いえ、所持限界をなくしたい、ですか？』

『私はあなたの希望を受理しましたが、それがどのような形かは分からないんです』

俺は前世で務めていた『荷物持ち』を、転生しても極めたいと思っていた。

その希望を叶《かな》えるのが、この二つのスキルだとしたら——考えているうちに、気分が高揚してきている自分がいた。

第一章　新たな季節　新たな出会い

1　ある荷物持ちの最後

俺が前世で所属していたパーティは、『深淵《しんえん》』と呼ばれる最高難易度の迷宮に挑み——そして討伐することができずに敗走した。

俺は迷宮の外に出ることはできなかった。死ぬまでのことは無我夢中で覚えていなかったが。

死んだあとには全て無になるものだと思っていたが、そうではなかった。

肉体を失ったあと、どういう原理によるものなのか、俺の意識はどこか別の、何もない真っ白な空間に飛ばされていた。

『もっと生きたかったけどな……まあ、仕方がないか』

声になっているのかどうかも分からないが、そう独りごちた——その瞬間。

「いえ、全然仕方なくありませんよ」

『……え？』

目の前に現れたのは、この世のものとは思えないほど綺麗《きれい》な女性だった。

半透明に透けていて、何かキラキラしたオーラを纏《まと》っている。

人間ではなく、別の種族のようだ――耳が長くて、髪は白に近い銀色。それは『祖エルフ』の特徴にも似ている。

「あなたの思う通り、ここはこの世ではありません。死後の世界に行くまでの、いわば中二階のようなところです」

『じゃあ俺はまだ死んでないんですか。大変だ、それならパーティに戻らないと』

「……もう、戻ることはできませんよ。あなたは最後の最後に、所属していたパーティに最大の貢献をしました」

『それが、何が起きたのか全然覚えてないんですよ。俺はいったいどうなったんですか？』

尋ねると、女性は目を伏せる。不躾《ぶしつけ》な態度だっただろうか――だが、どうしても気持ちが急いでしまう。

「あなたがいたパーティは、ダンジョンの深層でボスモンスターに敗走させられました。仲間を脱出させるために、あなたは持っていた荷物を駆使して時間を稼ぎ、最後は……」

――おっさん、転移結晶は使うな！　ここで使ったら……！

――あーあー、言わんこっちゃない！　だから持たせとかないほうがいいって……！

――駄目、防御魔法が届かない……このままじゃベックさんがっ……!!

『……リュードを困らせてしまったな。アンゼリカは怒ってたし、ソフィアにも心配をかけてしまった』

「他の二名の方も無事ですが、パーティの間で意見が割れているみたいですね。あなたの死体を探しに行くかどうか」

『し、死体か……死んだと分かっててもそう言われるのはキツイな……』

三十を過ぎてから徐々に体力も落ちてきていて、それでも俺の経験を買って同行させてくれたリュードたちのためにも何とか脱落はしたくなかったが――死ぬという形も覚悟していたとはいえ、やはり気分は重い。

『……まあ、重いって言うにも身体《からだ》がなくなってしまったけどな』

「っ……あなたは、どうしてそう他人事《ひとごと》なんですか！　死んでしまったんですよ⁉」

『パーティの皆が無事ならそれでいい。もともと完全なお荷物になってきてはいたんだ。持病がだんだん悪くなってきて、本当なら潮時だったから』

なぜ、この人の方が怒っているのか――俺が枯れすぎているだけなのか。

彼女が娘のように歳が離れて見えるからか、敬語を忘れてあやすような話し方になってしまった。

こういう無礼さも、アンゼリカにはよく怒られたものだ。

「あなたにはやりたいことがあったんじゃないんですか？　十年間もあなたを馬鹿にしてる人たちのパーティに同行して、最後は身代わりになって死ぬなんて……」

『やりたいことか……もっと効率よく荷物を運べるようになりたかったな。さっきだって、携行する荷物次第では壊滅には至らなかったかもしれない』

「そんなこと……あなたに責任があるわけないじゃないですか。バカじゃないですか」

『……ありがとう、怒ってくれて。少し救われた気分だ』

もう、これで終わりだ。時間切れが近づいているのが分かる。

「……駄目ですよ。あなたには未練がある。そして私は、あなたを気に入ってしまったんです。悲惨な死に方をしたら、一度は助けてあげたくなるくらい」

『……え？』

「ほら、もう期待してるじゃないですか。本当は生きたくて仕方ないのに、パーティの人たちを転移結晶で退避させせて、自分はダンジョンボスの腐蝕《ふしょく》ブレスを受けて一瞬で骨になったんですよ、あなたは」

『げっ……まあそうなるとは分かってたが……』

ということは死体回収も何もないし、やはりこの世に未練があってもこのまま消えるしかないいんじゃないだろうか。

「だから、諦めないでください。魂というのは、多数の世界の間を循環しているものなんです」

『魂……今の俺の状態のことか？』

「そうです。あなたはこの世界で死亡しましたが、次の世界に行くことができるんですよ。それも、私とここで遭遇できたということで、一つ特典がつきます」

『遭遇できたって、会えない場合もあるのか？』

「転生担当神にも色々なタイプがいますからね。あまり魂に関心がない場合もあります。私はあなたが楽しませてくれた……いえ、最後に勇敢さを見せてくれたので、それに対して何かしてあげたいんですよ」

『なんかズルしてるみたいだな……』

「あー、そういう煮えきらない性格は本当に見ていてイライラしましたよ。もう問答はいいです、生まれ変わりますか？　それともこのまま神界に行きますか？」

神界に行くことが完全な死で、それを拒否すれば生まれ変われる。

一度死ぬことを覚悟したのに覆すのは、潔くはないが――後悔するよりはずっといい。

『……転生を希望する』

「そう言ってくれると思っていました。さて、どんな特典が欲しいですか？　一つ言っておくと持病を引き継いだりはしませんよ、サービスで対策をしておきます」

『特典か……ずっと荷物持ちをやってて、これだけはどうにもならないって問題があったんだよな』

「……えっ？　それでいいんですか？　荷物持ちゆえに生じる悩みを解決したいってことですか？

もっと派手な技とか魔法とかいらないんですか？」

『俺にとってはだいぶ革新的なことなんだけど……』

荷物持ちがぶつかる問題――それは、所持数の限界がどうしてもあること。

あらゆる局面に対応するための魔道具やポーション、巻物、冒険日誌、そして食料と水に野営道具。持てる量さえ増えればと思うが、特大のナップザックで背負える量がそのまま上限だった。

「荷物の所持数を増やしたい……いえ、所持限界をなくしたい、ですか？」

『ああ。そういうことができる能力はあるかな？』

「ありますけど、本当にいいんですか？　選ぶ能力によっては英雄にもなれますよ？」

『そういうのは俺には向いてない。あいつらのためになれたなら、荷物持ちって立ち位置は悪くなかったんだ』

「……こだわり、ですか」

『なんだかんだ言って、三十半ばまで荷物持ちをやってきたからな』

「あなたという人は……」

どうやって所持限界を増やすのか、筋力を盛られるのか、何か魔法をもらえるのか。

それは分からないが、どうやらもう転生は始まっているらしい。

「私はあなたの希望を受理しましたが、それがどのような形かは分からないんです。ですから……また、他の誰かになったあなたを見守らせてもらいますね」

『他の誰かって……まあそうか、転生ってそういうことか』

「ふとした拍子に、転生前の記憶を思い出したりもするかもしれませんよ。では、次の世界でも頑張ってくださいね」

これが転生するという感覚か——やがて俺の自己認識も消え、完全な『無』が訪れた。

2　学生寮

俺が前世を過ごしたと思われる世界――これを異世界とするが、そこでも『スキル』と言われるものは存在していた。

不明スキル：△▽↑←　×○α□

この文字列が示しているらしい『固定』と『圧縮』というスキルは、物体というか何らかのアイテムに対して使うのだとは予想がつくが、何が起こるかは検証が必要だ。

スキルのことも気になるが、とりあえず今から寮に行かなければならない。この学園は全寮制で、一部の生徒以外は全員が寮に入ることになっている。

「ねえ、今日の帰りどうする？　駅前のほう見に行ってみる？」

「夕飯の時間に遅れると罰則《ペナルティ》だし、今日は大人しくしといた方がいいよ」

罰則――そんなものもあるのか、と考えつつ、カバンの中に入っていた入学説明の書類を確認する。

俺の場合、奨学生枠に応募していたが補欠合格となり、入学が遅れて決まったため、春休みのうちに入寮準備などができていなかった。

俺の寮は一年生五番棟というところにあるらしい。一年校舎の玄関ホールまで出てきたところで、その広さに感嘆する——といっても、ここを通るのは二度目だが。

「明日のダンジョン、俺らと一緒に行かない？」

「俺とか『斧《おの》戦士』だからさ、魔物とか出ても蹴散らせるぜ」

同じクラスの男子たちが、今から明日のダンジョン研修に向けて女子を勧誘している——さっきはあまりクラスの様子を見てなかったが。

「まだ時間あるだろ？　これからどっか行って話さねえ？」

『斧戦士』の男子はリーダー格ということなのか、引き連れた仲間より前に出て熱心に勧誘を続ける——だが。

「……私はパーティとか必要ないので、いらないです」

「『魔工師』って前衛が必須なんじゃねーの？　パーティ必要ないとか強がりっしょ」

「そうそう、仲間がいた方がいいと思うよー、女の子もう一人誘う予定だしさ」

「実習初日から差をつけてくスタイル。僕らもランキング狙ってるからさ」

「っ……」

三人で逃げ場をなくすような位置取り——確かに『魔工師』という職業名からは、戦闘向きではないようではあるが。

しかしそれは、彼女の意志を尊重しない理由にはならない。

「――ふぁぁぁぁっくしょん!!!」

「「「っ……!?」」」

前世のおっさんが出たようなクシャミをする俺――もちろんわざとだが、男子三人は思い切り驚いている。

「……チッ。見てんじゃねーぞ、荷物持ちくん」

「荷物持ち男くんもパーティ入れてほしいの？　あーちょっと俺らの構想外かな、ゴメン」

「えー、結構役に立つかもしれないじゃん？」

「まあいい、パーティは固定じゃないらしいしな。だが明日後悔しても遅《おせ》えぞ」

男子三人はそれぞれ好き放題に言って去っていった。目をつけられてしまったが、向こうも強引な勧誘をしていたとバレると都合が悪いようだ。痛《いた》し痒《かゆ》しといったところか。

「…………」

勧誘されていた女子は俺の方を見ていた――が、目が合いかけるとつい、と逸《そ》らして歩いていってしまった。変な奴だと思われただろうか。

俺はパーティを組むことは必要だと思うが、勧誘はまずされないだろう立場だ。彼女は勧誘されるのにいらないという考えで、人それぞれ主義があるものだ。

しかし、さっきの三人のうちの一人が言っていた『ランキング』とはなんだろう。職業のランクとは違って、他にも順位を決めるシステムがあるんだろうか。

『――新入生のみなさん　下校の時刻が近づいています　忘れ物がないか確認して、放課後の活動に移行してください』
放送が流れて、残っていた生徒たち全員が外に出ていく。俺もそのうちの一人になって、寮のある方向に足を向けた。

◆◇◆

寮は一棟につき百人近く入れるという、五階建てのマンションみたいな建物だった。

エントランスで入寮手続きをしようとすると、受付の女性はパソコンの画面を見て表情を曇らせる。

「あー、藤原司さんですね、奨学生枠の。申し訳ないんですが、一般寮の部屋が埋まっているところに急遽《きゅうきょ》申し込みがあったもので、違う宿舎を手配しています」

「違う宿舎……」

「奨学生の方からは寮費を徴収していないので、寮費を払っていただける生徒さんのほうが優先になるんです。事後の了解になってしまい、誠に申し訳ありません」

「いえ、野宿ということでなければこっちは大丈夫です。手配してくれてありがとうございます」

「いえいえ、そんな野宿だなんて、大事な生徒さんにそんなことはさせません。ちょっと古いですが、伝統のある寮なんですよ」

大事というなら、宿舎の件はもう少し早めに伝えてほしかったが——まあ、ケンカをするつもりはないのでここは引いておく。

そして間の悪いことに、さっきの男子三人が近くで入寮手続きをしていた。

「へー、荷物持ち男くんって奨学生なんだ」

「金も払ってねえやつと同じ寮なんておかしいしな」

「でも成績はいいんだよね。まあ座学なんてあんまりこの学園じゃ関係ないけど」

さんざん言われているが、特に争うつもりもない。

彼らを見返せるとしたら、何らかの活躍をしてみせることだが——それに執着するよりは、自分にできることをただやるべきだろう。

「うわ、行っちゃった。言い返してくんないとイジメてるみたいじゃんね」

「違うのかよ？　俺よりいい性格してるぞお前」

「藤原きゅーん、僕ら悪気ないから許してにゃん☆」

舐《な》められるのは飽き飽きしているくらいなので、今さら怒ったりはしない。

「この地図に書いてある場所ですから、早めに行ってくださいね。寮監さんが待っていると思いますので」

「はい、分かりました」

もらった地図を見ると、校舎と寮の間の距離と比べると明らかに遠い——まあこれくらいの距離なら、歩きでも特に苦にはならないが。

「えー、荷物持ちくんの寮って山の上にあんの？　それって罰ゲームじゃん」

ダメ押しみたいに聞こえてきた言葉を聞き流しつつ、俺は一般寮を出て日が暮れかけた道を歩き始めた。

3　寮監

一年生校舎には裏山がある。いちおう整備されている道はあるものの、道の脇は草が生い茂っているし、動物の姿もちらほら見えた。

近代的な校舎の建物とはかけ離れた風景だが、自然の中を歩くのは嫌いではない。むしろかなり好きだったりする。

「……ここか？」

しばらく進んでいくと、木々の向こうに木造の建物が見えた。

建物の前には看板があり、『静波荘《しずなみそう》』と書いてある。

「……しずなみ？」

「やーっと来たぁ。こらぁ、どんだけ待ったと思ってんの」

看板の字を読もうとした瞬間、声をかけられた。ジャージの上にエプロンをつけ、箒《ほうき》を持った女性が立っている。

出会うなり思うことでもないが、胸が大きすぎてエプロンの図柄が歪《ゆが》んでいる。ウサギのマスコットがついた可愛《かわい》らしいエプロンは、端整な容姿の大人の女性にしてはギャップのある組み合わせだった。

「初めまして、ここでお世話になると聞いて来たんですけど、俺……じゃなくて、僕は……」

「……ふっ。あはは、めちゃくちゃ緊張してるじゃーん。いいよいいよ、そんなに畏《かしこ》まらなくても。藤原司くんね、ちゃんと聞いてるよ」

この人は一体――と尋ねる前に、エプロンにつけられた名札に目が止まった。

寮監　秋月《あきづき》。名字しか書いていないようだが、つまりこの寮の偉い人というか、寮生の監督役ということか――と考えたところで。

「うわっ……!?」

身構える間もなく、俺は頭を抱えられていた――恐ろしいことに全く動けない。

「なーに見てんの、私の名前がそんなに気になる？　この秋月さんが今日から君のボスになるんだよ」

「ぐぇぇ……す、すみません、そんなつもりじゃ……っ」

(華奢《きゃしゃ》なのに胸が……どころじゃなくて、この人とんでもなく強いぞ……っ！)

ヘッドロックから抜け出せる気がしない――ステータスを見たら生命力が減っていそうな勢いだ。

このままではまずい、だが筋力で勝てない相手の拘束を解けるわけもなく――と思ったそのときだった。

「んっ……」

一瞬だけ拘束する力が緩んだ――というより、秋月さんの吐息と共に、彼女がピタッと止まった気がした。

「ぷはっ……はぁっ、はぁっ……何とか抜けた……」

「あれえ……？」

秋月さんは俺を見て、自分の手を見て、そして――なぜかニヤリと微笑《ほほえ》む。

「ほーほー、ふむふむ。司くんは筋肉はついてないけど、侮れないテクニックの持ち主みたいだねえ」

「テ、テクニックって……そんなことを言われたのは初めてですが」

「私に捕まって抜け出すなんてなかなかできないよ。って言っても、誰にでもやってるわけじゃないけどね」

なぜ俺にはやったのですか、と聞いたらヤブヘビになりそうだ。とりあえず寮に入れてもらわなければ、今晩の寝床が確保できないので大人しくしておく。

「じゃあ、中に案内する前に注意事項ね。他のメンツはまだ君が来るのに納得できてない子もいるから、そこはちょっと申し訳ないけど心構えはしておいてね」

「他にもこの寮に入ってる人がいるんですね」

「新入生がもう一人いるけど、まだ来てないね。後で迎えに行かないと」

「そうなんですか」

「司くんはこれから、夕飯の時間までにやってもらうことがあるんだけど……なんせ、急に君が来ることになったからさ」

秋月さんは何か言いにくそうにしている――そして俺は、なんとなく事情を察していた。

「君の部屋、倉庫というか共有スペースとして使ってたからまだ掃除できてないんだよね」

「それは、自由に整頓しちゃっていいってことですかね」

俺の反応が予想外だったのか、秋月さんは目を丸くする。進んで部屋の整頓をしたがる生徒というのも珍しいだろうか――俺としては得意分野なのだが。

「おおー……掃除は寮監の仕事でしょ、って言われると思ってた。それを突かれると弱いからね。私も手伝うのはやぶさかじゃないんだけど？　ほら、箒持ってるのもそのためだし」

「秋月さんはその新入生の子を迎えに行ってあげてください、俺は一人で大丈夫です」

普通に答えたつもりだったが――なぜか秋月さんが再びこちらに組み付こうとするのを察して身構える。

どうやらさっき技を抜けたのでもう一度仕かけようとしたようだが、俺にも何故《なぜ》抜けられたのかよく分かっていない。彼女も思い直してくれたのか、俺に向けて親指を立ててきた。

「その意気やよし。でもね、うちは結構アットホームなようでシビアなところあるから。この寮での生活を豊かにできるかは、司くんの努力次第だよ」

秋月さんは俺の肩をポンポンと叩《たた》いたあと、寮の中に入っていく。古い木造の一軒家という感じで、玄関で靴を脱いでスリッパに履き替え、まずリビングに入る。

「ようこそ、静波荘へ。築年数は長いけど結構いい感じでしょ？」

秋月さんはそう言って、俺を部屋に案内してくれる。リビングを抜けて廊下に出ると、いくつかの個室のドアがあり——突き当たりの部屋のドアには、なぜか『立ち入り禁止』の貼り紙がある。

「君の部屋はここね。そっちは開かずの間だから入っちゃダメだよ、人は住んでるけど」

「えっ……す、住んでるんですか？」

「まあ人それぞれ色々あるからね。これが部屋の鍵だから、なくさないように気をつけて。それとこれね」

「？」

渡されたのは彼女が持っていた箒、そして袋に入った何か——中を見てみると、マスクなどが入っていた。

秋月さんがドアを少しだけ開けて「うわっ」と小さな声で言ったあと、俺を何とも言えない表情で見た。

「……頑張ってね。もしダメだったときは私に言って。それじゃっ！」

パタパタとスリッパを鳴らして秋月さんが立ち去る。シュシュで束ねたおさげが弾んでいる——髪をアップにした女性に惹《ひ》かれがちなのは、前世から変わらない部分だったりする。

それよりも、部屋の中はどうなっているのか。予想はできているので開けてみると——畳敷きの上にダンボール箱や玩具みたいなもの、そして家電製品などが置いてあった。

（あれだけ脅かしてきたわりには、それほど荒れてないな……さて、始めるか）

荷物持ちの心得の一つは、常に身の回りを整理整頓すること——与えられた装備は箒とマスクだけだが、何とでもなるはずだ。

4　一つ目のスキル

廊下に物を出して掃除するわけにもいかないので、整頓のカギとなるのは押入れだ。

不要なものは捨てられるように区分しつつ、ひとまず畳が見えるようにする。

「……ダンボール箱の中身も全部違う……って」

なにげなく半開きの箱の中を覗《のぞ》いて、神速で閉じる。見えていたのはまだ袋に入った新品の下着——それも女性もの。

秋月さんがこれを置いていったということなのか。良く分からないが、この部屋に置いたままにはしておけないので後で聞いてみるしかない。

(普通にタンスに入れたりしないのか……ストックだからか。まあ考えても仕方がない、整頓の許可は得てるからな)

軽く部屋全体を箒で掃き、支給されたゴミ袋にホコリを集めて入れる。やはりあまり汚れていない——複数人に使われている部屋だからか。

窓はしばらく開けられた形跡がない。だが普通にカギは開く——開けてみると、何か竹に囲まれている小屋のようなものがある。

（何だ、あれ……気になることばかり増えていくな）

見ていても仕方ないので窓を閉め、次は押入れに向き合う。開けようとしてみると——何かが引っかかっているのか開かない。

「ぐぬ……ぬぉぉっ……！」

思わず声が出てしまう——こんな力任せで戸が壊れたりしないか、と心配になりかけたとき。

ガラッ、と一気に戸が開く。そして俺の頭上に、中に入っていたものが落下してくる。

（ヤバいっ……!!）

布団が詰まっているのかと思ったが、そうではない。押入れは上下二段に分かれていて、上の段に入っていたのは、重そうなダンボール箱の山だった。

さすがに身体を張って止めるのは厳しい——だがどうしようもない、このまま甘んじて荷物の雪崩《なだ》れ《れ》に身を任せるしかないのか。

（…………？）

防御体勢を取っていた俺だが、いつまで経《た》っても何も落ちてこない。

目を開けてみると——明らかに不自然なバランスで、落ちてこようとしていた大きなダンボール箱が止まっていた。

《スキル『固定』を発動　対象物の空間座標が固定されます》

頭の中に響いてきたのはそんな声。そして理解ののちに実感が生まれる。

「……これが一つ目のスキル……『固定』ってことか……！」

荷物を運ぶとき、いつも平坦《へいたん》な道というわけではなく、道なき道を進まなければならないことも多々ある。そんなとき、荷物をしっかり固定しておかないと、荷崩れを起こして使い物にならなくなることがある。

普通なら紐《ひも》などを使ったりするが、俺が与えられた『固定』というスキルはその必要がない。触らなくても任意の物体を固定できるという能力だった。

（これは色々と使えそうだな……まだ検証は必要だけど）

こちらに傾いたまま固定されたダンボール箱を触ってみる。それだけでは固定は解除されない――だが『動かしたい』と念じて触ると動かせる。

箱を一つずつ床に下ろして、押入れをどう整理するかを考える。ダンボール箱の代わりに収納ボックスを入れるなどしたいところだ。

魔力：8／10

ステータスを見てみると、魔力が少し減っている。今の『固定』で2ポイント消費したのだろうか。

スキルで固定された状態がどれくらい続くのかの検証も必要だ。そのあたりにあったクッションを持ってきて、壁に貼り付けて固定してみた――ピッタリくっついて落ちない。このまま放置しておけば、時間制限があるかは分かる。制限があるとしたら今度はタイマーで時間を測る必要も出てくるが。

（これでまた魔力を2ポイント使うのか。さっきは複数の箱を同時に『固定』できたけど、対象が一個でも消費は……あれ？）

魔力：7／10

今度の消費は1ポイントだった。そうすると、さっきは一度に複数固定したので2ポイント消費したのだろうか。

もっと試してみたいが、最大魔力が低いので魔力は非常に貴重だ。休んでいれば回復しそうだが、できれば他の回復手段も確保したいところではある。

とりあえず押入れは開放できたので、空いているスペースを有効利用して片付けを進めていく――整頓をしていると楽しくなってきてしまうが、中には思わず困惑してしまうようなものもあった。

「……電動マッサージ機、初めて見たな」

充電が切れているので動かないが、この寮には肩こりに悩んでいる人でもいるのだろう。

これは小型家電に分類して、同じカテゴリーのものは全部一つにまとめておく。後で必要と言われたときにすぐに出せるようにしておく必要がある。

次に見つけたのは懐中電灯で、これは電池が入っていてすぐ使える。スマホもライトは点《つ》けられるが、取り回しという点で懐中電灯もあると便利だろう。

「……おっ、流しそうめんができるやつだ」

自分ではなかなか買わなそうなものも見つけて、思わずテンションが上がる。もちろん俺が使わせてもらえるかは別問題なのだが。

◆◇◆

すっかり集中してしまった——部屋から出てリビングに行くと、夕食らしき香りがしている。

「あ、お疲れー。本当にごめんね、疲れてるのに掃除させちゃって。大変だったら続きはゆっくりでいいからね」

「こちらこそお疲れ様です。もう一人の新入生の人は……」

「うん、さっきまでいたんだけどね。ちょっと調べたいことがあるからって、また出かけちゃった。まあうちの寮の敷地内《しきち》だから、暗くても大丈夫でしょ」

「今の時間からですか？　凄《すご》いですね」

「本当にね、私も後で様子は見に行くんだけど。司くん、食事のことについては聞いてる？」

「すみません、事前に聞いたかもしれないんですが、失念してしまって」

今日の帰りのホームルームまでの記憶は、ところどころ曖昧になっている。秋月さんはそれでも訝《いぶか》しげにしたりはせず、リビングに置いてあるホワイトボードにマーカーで何か書き始めた。

「この学園では、外でのお金を専用の通貨に交換して使うのね。それがこのコインで、ブロンズ、シルバー、ゴールドの順に価値が上がるの。生徒はブロンズコインを月に百枚支給されて、それは一枚で食事一回の支払いができるの。コインそのものを持ち歩いてもいいけど、スマホにチャージしておいても使えるわよ」

「なるほど……ブロンズコイン百枚だと、三十日の月の場合は十枚残りますよね。それはどうなるんですか？」

「コインは他の用途にも使えるから、むしろ余りが十枚だけじゃ足りないくらいね。それに、ブロンズコインでできる食事は『一般食A』っていうんだけど、これが結構シンプルなメニューで……こんな感じね」

秋月さんがマーカーで食事の内容を書いてくれる。『一般食A』は白米に味噌汁《みそしる》、そしておかずが納豆、卵、めざしの中から一つというものだった。

「これと栄養管理のためにサプリメントかジュースを摂《と》ることはできるけど、みんなたまにはお肉とか食べたいわよね。そういうときはブロンズじゃなくて、シルバーコインを使う必要があるの」

「なるほど……」

「シルバー以上のコインは『依頼』を達成したり、常に出てる『納品』『配達』なんかのお仕事をこなしたときの報酬として貰《もら》えるわ。これも探索者を育成するためのカリキュラムってわけ……実際、探索者のお仕事と内容は同じだからね」

「バイトが公式に許されてるって感じですね」

「そうそう、そゆこと。もちろん大変だったらバイトしなくてもご飯は食べられるけど、余裕があったらした方がいいってことね。コインで買えるものは学園の外とほとんど変わらないし」

「秋月さん、今って何か受けられる依頼ってありますか？」

「あ、今夜から食事のグレードアップがしたいとか？　そうよね、育ち盛りだもんね。お姉さんはいいと思うよ、どんどんやって行こ」

秋月さんがホワイトボードに地図を描く——静波荘の周りを描いたもののようだ。

「ここがこの寮で、このあたりも敷地内なんだけど、ここに薬草が群生してるのね。一本あたり薬局に5ブロンズで売れるんだけど、それを1シルバーで買い取ってあげる」

薬草の納品依頼——何というか、とても懐かしい感じがする。

『荷物持ち』として駆け出しの頃は、こういう依頼で実績を少しずつ作っていったものだった。

「……この世界でも、薬草の次は別の納品依頼にステップアップするとか？」

「え？」

「い、いえ、こっちの話です」

「ふーん……？　お仕事の方はやる気ってことで良い感じ？」

「はい。それじゃ、ちょっと行ってきます」

「気をつけてね。暗くなってきてるけど、地図のこのあたりならまばらだけど外灯もあるから」

「さっき懐中電灯を見つけたので、それも使ってやってみます」

この時間帯でも外に出たいというのは、一つ理由があった――俺はまだ、もう一つのスキルを試せていない。

『固定』だけでなく、もう一つのスキルについても知っておくことで、明日の実習で助けになるかもしれない。それで同時に依頼をこなせるのなら言うことなしだ。

5　薬草採取

異世界においての薬草採取は、弱い魔物しか出ないところで薬草を探し、安全第一で依頼を達成するのがセオリーだった。

薬草採取でも体力はつくので、魔物を倒さなくてもそのうちレベルは上がる。レベルというのは『経験を総合したもの』というような扱いで、毎日仕事をしていれば職人でもレベルは上がるのだ。

しかし薬草採取だけでレベルが上がり続けるかといえばそうではなく、何年続けてもレベル5で止まってしまったりする。秘境にある伝説の薬草を探すなど、難易度の高いことを達成しないと経験が入らなくなるからだ。

「学校の裏山は秘境でした……って、洒落《しゃれ》にならないな」

地図では簡略化されていた部分。山の裏側に回り込む道を進んでいくと、どんどん木々が鬱蒼《うっそう》としてきた。

こんなところにも外灯があるが、電線が繋《つな》がっているのが不思議なようなジャングルだ。

裏山で遭難なんてことにならないよう、何らかの安全対策はあるのだろうが——薬草の群生地と言われていたが、『薬草』以外の植物が多すぎる。

スマホにインストールしてもらった図鑑で、薬草がどれかは分かっている。だが実際に入手していないもののデータが登録されるのはごく一部だけで、他の情報はほぼない——一気に情報を与えられるよりは、一つずつ自分の手で入手して確かめろということだろうが。

「うーん……こっちが『薬草』か？　『アマミ草』にそっくりなんだが……」

名称：アマミ草
備考：繁殖域が広く、そのまま食べられる。青臭さに目を瞑《つぶ》れば可食部には少しカロリーがある。
価値：0ブロンズ

(これを食べて餓死を免れるみたいな状況もあるのか……？)

葉をちょっと齧《かじ》ってみるが、意外とまずくはなかった。付近の草食動物の餌になっているのか、大きく齧られている形跡のある草もある。

「これもアマミ草……ん？」

草むらをかき分けて探していると、地面に植物が引き抜かれた痕跡を見つけた。

(動物が引き抜いた……？　いや、違うな。周りに人が入った痕跡がある)

そういえば、新入生の人も『調べたいことがある』と出かけたそうだったが——その人も同じ方向に来たということか。

もう少し進んでみるか、引き返すか。引き抜かれた草が薬草だとしたら、この先に進んだほうが見つかる可能性は高いのか——考えつつ、軍手をはめた手で草をかき分けて進んでいく。

「——きゃっ！」

「えっ……」

前方から悲鳴のような声が聞こえた——と思った瞬間、誰かが正面に飛び出してきた。

（うぉおっ……!?）

このまま仰向けに倒れて後頭部を強打なんて洒落にならない——と、俺は使い方を覚えたばかりのスキルのことを思い出す。

《スキル『固定』を発動　対象物の空間座標が固定されます》

「っ……な、何とかなった……」

草に対して『固定』を発動させ、転倒を防ぐ——それなりに衝撃はあったが、それは背中に背負っていたナップザックで軽減された。

「……あ……」

「おおっ……び、びっくりした」

「……!!」

がばっ、と受け止めた人が俺から離れる。俺も身体を起こし、草の『固定』を解除する。

俺が何に驚いたかというと、飛び出してきた人の格好だ。頭から足先までフル装備のボディスーツ――寮の裏山でこういった相手に遭遇するというのは、完全に想定外だった。

「そ、その格好は……」

「……山で肌を出して活動すると危ないから」

確かにこの密林《ジャングル》じみた場所で活動するには、これくらいの装備をしていてもおかしくはない――と、自分を納得させる。ボディスーツまで着る必要はあるのか、という指摘はぐっと飲み込んで。

「……あなたが、私と同じ一年生の人」

ヘルメットのシールドにはスモークがかかっているが、声はよく通った。可愛らしい澄んだ声――おそらく女子だ。もっとも、受け止めたときに何となく察することはできたのだが。

「ということは、君が秋月さんが言ってた人かな」

「……そうだと思う」

「え、えっと……そうだ、一体何があったのか聞いてもいいかな」

「……何か飛び出してきて、驚いた。たぶん、魔物だと思う」

「魔物……ダンジョンの外にも普通に出てくるのか」

薬草の採取依頼にありがちな、ルート上に出現する魔物。回避すれば問題ないと思うが――さっきからずっと、俺の服の端を、防護服の人がつまんでいる。

「……もう帰ったほうがいい？」

「いや、そんなことはないけど。魔物って危険そうなやつだった？」

「小さかったから良く分からない。丸くて、目が光ってた」

魔物ではなく小動物かもしれないが、暗がりから急に出てきたらビックリすることには違いはない。今日は切り上げるべきか――いや、まだ薬草を見つけてない。

「俺、薬草を採りにきたんだけど。君もここに来たってことは、目的は薬草探し？」

こくり、と頷《うなず》きが返ってくる。そういうことなら、彼女にも薬草を無事に持ち帰ってもらいたい――お節介でなければだが。

「じゃあ、一緒に探そうか」

「……いいの？」

「もちろん。同じ寮みたいだし……って……」

深く考えていなかったが、静波荘の他の住人には女子もいる――その事実に遅れて衝撃がやってくる。

「どうしたの？」

「あ、ああごめん。ちょっと考え事してただけだから。よし、絶対に薬草を見つけよう」

「一本だけあった。でも、さっき驚いて……」

「落としちゃったのか。じゃあそれも回収して……」

草をかきわけた先には——想像以上に大きいというか、一本だけでも持ち帰るのが大変そうな草が落ちていた。アマミ草に形は似ているが大きさは数倍ある。

通常の相場でも薬草一本で5ブロンズという意味がよく分かる。徒歩で持って帰るのが大変だからだ——一部だけ持って帰っても一本とカウントされるのかと思いたくなるほどに。

「……もう一本見つけて、一人一本ずつ持って帰る？」

普通ならそうするしかないくらいに嵩張《かさば》る草だ。荷車でも持ってきて積めればいいが、ここまで運んでくるのは骨が折れる。

「……そうだ」

「？」

荷物持ちを悩ませる、所持容量の限界。

それを解決する方法を、俺は与えられているはずだ——まさに今、二つ目のスキルを試すときが来た。

6 『圧縮』

スキルを初めて使うとなると、どんな能力か広まってしまっても困るので、その辺りは話しておかないといけない。

「俺は藤原司っていうんだけど、君の名前は？」

「……私は、こういう名前」

彼女はスマホを操作し、ステータスを表示して見せてくれた——文字が光るので暗くても内容が見やすい。

七宮白《ななみやしろ》——読み方も併記されている。

「七宮さんっていうんだね。珍しいけど、響きがいいっていうか」

「……そうでも、ない。普通。藤原のほうが、やんごとなき雰囲気」

「あー、日本史にも出てくるしね。でもその発想はなかったな」

そんな冗談を言ってくれるとは思わなかったので感激してしまう。同級生とまともなコミュニケーションが取れていなかった俺には、こんな緩めの会話が嬉《うれ》しい。

「……薬草ならたぶん向こうにある。その前に、ちょっといい？」

「え？」

七宮さんが持っていたカバンから、何かを取り出す——それはスプレーだった。得意そうに胸をそらして見せてくる様子は、率直に言って微笑ましい。

「私が作った虫除《むしょ》けスプレー。肌についても大丈夫な成分」

「作ったって、自分で？　凄いな……」

「虫除けのハーブと適量の水だけでできる。かけていい？」

「じゃあ、お願いしていいかな」

七宮さんがスプレーをかけてくれる。俺が肌を出しているので気になったようだ――自分は完全防護なので、よほど虫刺されに気をつけているのだろう。

《『リペレントスプレー』を使用　虫除け効果が発揮されます》

「はい、終わり」

「ありがとう。今、スキルを使ったときみたいな感じがしたけど……」

「スキルで作ったスプレーだからかも。私は『魔工師』だから」

その職業名をどこかで聞いた――そこで記憶がようやく繋がる。

さっき学園の玄関ホールで、男子から勧誘を受けていた女子。防護服で分かりにくくなっているが、背格好や声が確かに同じだ。

「……さっきは……」

「え？」

「ううん。これで虫除けできたから、百歩歩く間くらいは大丈夫」

「ははは……それはゲームのアイテムの効果じゃないかな」

「そう。本当は、効果は二時間くらい」

七宮さんはゲームをやったりするのか――それで合っていたようだ。そういった通じる話題があると、打ち解けやすい気がする。

ちょっと話してみるとやはりゲーム方面では話が合って、楽しくなってきてしまった。

「……モンスターの厳選とかって、する？」

「あー、俺も結構凝る方だけど……って、そういう話もしたいけど、今はそれより薬草採取のことを考えないと」

「……自重する。どうしたらいい？」

「えーと……本当は自分のスキルは秘密にしておこうかなと思ってたけど、七宮さんならいいかな」

「私は秘密を漏らしたりしない。約束する」

淡々としているが、七宮さんははっきりそう伝えてくれた。

これで騙《だま》されてしまうようなら、俺がお人好《ひとよ》し過ぎたということで次に活《い》かせばいい。

これからもう一つのスキルを使う。そう考えただけで、使い方は自然に頭に浮かんできている。

「たぶんこのスキルを使えば、薬草を楽に運べるようになると思う。始めるよ」

「…………」

七宮さんが頷く。緊張しているようで、一歩、一歩と下がったところでじっとこちらを見ている。

両手を薬草に向けてかざす。そして手を合わせ、ギュッと縮めていくイメージ――そして。

《スキル『圧縮』を発動　対象物をチップに変換します》

（……凄《すっげ》え……なんだこれ……）

やっている自分が呆然《ぼうぜん》としてしまう。人間の背丈より大きな薬草が、俺の手振りに合わせて圧縮され、両の掌《てのひら》を合わせた間に収まってしまった。

「……すごい……これって、空間魔法……？」

「俺もどういうカテゴリーのスキルかは分からないんだけど……『荷物持ち』だから、運びやすくできるってことなのかな」

手の間に収まった薬草は、百円玉より小さいくらいになっている。原理が全く分からないが、重さはほとんど感じない。

《チップの内容：薬草×1》

チップの見た目はコインに近く、他の人には何が圧縮されているか分からないだろうが、俺には中身が何か分かる。

「……すごい。それしか言葉が出てこない。質量保存も無視してるし、概念に作用するスキルかもしれない」

「おお……七宮さんが言うと、本当にそうかもしれないって思えるね」

「茶化さない。私は真剣」

転生担当と言っていた女神も、こんなとんでもないスキルだと知ったらどう思うのだろうか。

「神が驚くわけないじゃないですか、バカじゃないですか」とでも言ってくれるのか——罵倒を期待しているとかじゃないが。

7　魔力切れ

「普通はこんなスキルを使える人はいない。あなたのことを調べたいっていう人がいっぱいいると思う……気をつけないと」

「そういう話になってくるのか……分かった、気をつけるよ。忠告ありがとう」

「……それって、そのままの形に戻せるの？」

「ああ、戻せると思うよ。ちょっと離れててもらえるかな」

チップを取り出し、『復元』と念じる――すると、チップは一瞬で元の大きさの薬草に戻る。

「しおれてたりもしないし大丈夫そうだ。こうやって小さくして集めれば、一度にたくさん……」

持って帰れそうだ、と言いかけたところで視界がぼやけ、目の焦点が合わなくなる。

（やばい――魔力切れだ）

天地がどちらかも分からなくなる。その場に倒れかけたところを、七宮さんが支えてくれた。

「っ……大丈夫？　気分が悪いの？」

「……魔力を……使いすぎた……ちょっと休めば良くなるから……」

「……っ、待ってて。私もそのために来たから、このあたりにあるって聞いた」

そう言って、彼女は俺の身体をどこかに寄りかからせてくれる。近くにあった太めの樹木、そこに背中を預けて、脱力感と吐き気に耐える。

魔力を使いすぎると代わりに生命力を消費するので、ペナルティとしてこういった状態になる。最大生命力が多ければこの症状は軽減するが、今は望むべくもない。

あまり長くは待たなかったと思う。意識が朦朧《もうろう》とする中で、七宮さんが戻ってくる――そして、俺に何かを嗅がせてくれた。

「……マホロバ草は、夜中に香りを発する。それを吸うと魔力が回復する」

「……ありがとう、七宮さん」

辛《かろ》うじて答える。酩酊《めいてい》してるみたいな声で情けない――だが嗅がせてもらった香りのおかげで、魔力が回復するのが分かる。

「……気持ち悪い？　魔力切れは辛《つら》いから……吐きたかったら言って」

頭を抱えられて、ぽんぽんと背中を叩かれる。魔力が回復していることもあって、辛うじて症状のピークは過ぎた――それよりも、物凄《ものすご》く安心する。

七宮さんの腕にそっと触れて、もう大丈夫だとアピールする。なんとか笑ってみせるが、それでも心配してくれているようだ。

「あー、お恥ずかしいところを……もう少し持つと思ったんだけど、魔力切れは情けないな」

「……そんなことない。そんなにすごい効果のスキルを使ったら、魔力がなくなっても仕方ない。でも、よかった」

七宮さんはシールドの上から手で拭うような仕草を見せる――もしかして泣いているのだろうか。

重ねて謝りたくなるが、優しい人だ。

状況を確認するために、スマホを取り出して魔力を確認してみる。

魔力：5／11

「最大魔力が少し増えてる……」

「魔力切れを起こすと反動があるからだと思う。でも、みんなその方法では魔力を上げたがらないし、普通はできない」

「生きるか死ぬかって感じだしね。俺も七宮さんがいなかったら危なかったよ、本当にありがとう」

「……どういたしまして。私は自分のことで必要だから、このあたりの植物の分布を調べにきた。『マホロバ草』はこの地域の珍しい草で、魔工師にとって必要なもの」

「そんな貴重なものを使わせて……」

「ううん、決まった時間しか魔力回復できないから、ダンジョンの授業では使えない」

饒舌《じょうぜつ》にいろいろ話してくれる七宮さんだが、途中ではっとしたように口に手を当てる。シールドの上からだが。

そして彼女はある方向をそっと指差す。俺も身体を起こして見てみると、何か草むらにうごめいているものがいる。

8　捕獲条件

「……さっきの魔物がマホロバ草を食べてる」

「あれがそうなのか……」

「あの向こうに薬草があるから、魔物の近くを通らないといけない。『サーチ眼鏡』が反応してる」

七宮さんはいったん俺から離れると、背中を向けて何かゴソゴソしている——防護服の頭の部分を外して、何かを取り出すと、また被《かぶ》り直した。

「これ。私が作ったメガネで、登録してあるものが光って見える」

「え……かけていいの？」

「かけなくても、レンズを通して見るだけでもいい」

言われた通りにしてみると、前方に進んでいった先が確かに光っている。薬草が数本——どころか、両手の指で足りないくらい生えているようだ。

「……どう？」

「めちゃくちゃ便利で驚いてるんだけど……『魔工師』ってこんなものも作れるの？」

「いろいろ作れる。材料さえあれば」

得意そうな七宮さんだが、彼女の技術もなかなか異次元というか、魔道具的なものが作れる高校一年なんてそんなにいるんだろうか。

「――ミャッ！」

「あっ……！」

小さな鳴き声が聞こえる――七宮さんも思わず声を出してしまうが、小さな影がマホロバ草から離れ、目にも止まらぬスピードで近くの茂みを移動し始める。

（攻撃してくるか……それにしても速い……！）

「――危ないっ！」

飛び出してきた影が七宮さんに飛びかかる――何とか反応して庇《かば》うが、腕をかすられてしまった。

生命力：26／30

スマホに表示されたステータス画面に視線を流すと、思った以上にダメージを受けている。

（何回か喰《く》らったら普通にヤバい……このままだと秋月さんの介入が入りかねない。だが……！）

「七宮さん、少し伏せてて！」

「っ……藤原……！」

「俺は大丈夫！」

敵が俺を狙ってきてくれるのなら、上手《うま》く行くはず――どこから来てもいいように神経を集中する。

「――ミューッ!!」

背後から鳴き声が聞こえる。俺は振り返らない――その必要はない。

《スキル『固定』を発動　対象物の空間座標が固定されます》

迫っていた気配が『止まる』。

振り返ると、そこには空中でピタリと静止した魔物――いや、魔物なのかどうか分からないが、小さな猫のような動物がいた。

（嘘《うそ》だろ……何も土台がなくても固定できるとか。いや、『空気』が土台になってるってことなのか？）

「……止まってる……これも、空間魔法？　それとも時間停止……？」

「これも一応『荷物持ち』の延長上にあるスキルというか、そういうものかな」

「……とにかく、藤原くんが凄いっていうことは分かった」

どんどん七宮さんの評価が上がっていく気がする――声に熱を感じるというか。

「触ってもいいの？」

「ああ、いいよ。俺が解除しようと思わない限りは止まってるから」

空中に止まった猫を七宮さんが捕まえる。すると――。

「な、なんか光ってる……？」

「……平気。攻撃とかじゃないみたい」

猫の身体が発光を始めて慌ててしまうが、光はすぐに落ち着く――そして。

《魔獣の捕獲条件を満たしました》

「あ……『捕獲』ってのができたみたいだけど、もう安全ってことかな」

「……？　どうして分かるの？」

この頭の中に流れてくる情報みたいなものは、どうやら俺にしか感じ取れていないらしい――この情報にも助けられているし、スキル以外にも何か与えられてるってことなんだろうか。

「何となく分かるというか……このまま固定したままにもしておけないし、いったん解除してみてもいいかな」

「分かった」

「もし危なそうならまた『固定』するしかないけどね」

「魔力切れは危ないから、気をつけて」

猫を地面に下ろしてもらい、固定を解除してみる――猫は暴れたりはしない。顔を洗うように擦ってから、こちらを見上げている。

七宮さんが抱っこをすると、猫はされるがまま身を預けている。彼女が手を差し出すとペロペロと舐めていた。

「…………」

無言で見られても、俺には何とも言えない。静波荘がペット禁止でなければいいが――そして危険はなくなったので、薬草採取もいよいよ大詰めだ。

9　帰り道

薬草の群生地に辿《たど》り着《つ》き、薬草集めを始める。
後のことを考えると手当たり次第に抜くことはできないので、密集しているところから一本抜き、他の密集しているところからまた抜く――そうするだけでも二十本集まった。
「……ギュッって小さくなるの、見てるだけでも楽しい」
「やってる俺自身も不思議な光景だけどね」
《スキル『圧縮』を発動　対象物をチップに変換します》
《スキル『圧縮』を発動　対象物をチップに変換します》
スキルを一回使うごとに魔力を1消費する。消耗してきたらマホロバ草で魔力を回復する――マホロバ草がそこかしこに生えていたのは幸いだった。

「……短時間に繰り返して回復しても、大丈夫？」

「今のところは問題ないかな。一本ずつだと時間がかかるから、複数同時にできるか試してみるよ」

薬草を二本並べて地面に置き、手をかざす。そして同時に『圧縮』しようとする――すると。

《スキル『圧縮』を発動　『薬草×2』を『薬草＋1』に変換しました》

「えっ……？」

「……だめだった？　できてるように見えるけど」

「い、いや……『二つのものを圧縮した』というより、『二つのものを一つにした』みたいな効果になっちゃったみたいで」

「『圧縮』したら一つに……合成されたっていうこと？」

「う－ん、どうだろう。ちょっといったん復元してみるよ」

『薬草＋1』のチップを復元してみる――すると、確かに二つの薬草を圧縮したはずなのに、一つだけになっている。

「……これは『すごい薬草』かもしれない。普通の薬草よりオーラがある」

「そ、そうかな。七宮さんはそういうのは分かるの？」

「……なんとなく」

「ミャ～」

七宮さんの肩の上に移動した猫が合いの手を入れるように鳴いて、なんとも気が抜ける。

普通の薬草ではなく『＋1』なら、効果が強そうではある。七宮さんはなんとなくと言うが、確かに普通の薬草とはなんとなく違って見える。

「……『薬草二本』を、二本のまま圧縮するのはできる？」

「よし、やってみよう」

二つのものを独立したままで圧縮する——そうイメージしながらスキルを発動させる。

《スキル『圧縮』を発動　対象物を2枚のチップに変換します》

「……二つのものをまとめて一つのチップにはできない、のかな」

「器に入れて圧縮してみるとかは？」

「それならできる可能性はあるな……ただそうすると、薬草二本を入れられるような容器が必要になるね」

『圧縮』をするときには気をつけないと、二つのものが一つになってしまう。

だがそうすると気になってくるのは、『＋1』ということは『＋2』にもなるのかということだ。

「続けてちょっと実験してみてもいいかな。それで今日は終わりにするから」

「分かった。いっぱい吸って、マホロバ草」

「あ、そうだ。『マホロバ草』も『すごいマホロバ草』にできるのかやってみるよ」

「……ちょっと集めてくる。何本くらい？」

「とりあえず十本くらいかな」

七宮さんと手分けをして『マホロバ草』を集める――『サーチ眼鏡』に登録することで苦労せず探すことができた。

「一本余分に集めちゃったから、十一本。これを全部一気に圧縮するの？」

「ああ、できるかはわからないけど」

「……すごいことになりそう」

どうも『圧縮』するところを気に入ってくれたのか、七宮さんの期待を感じる――これは裏切れない。

魔力も最大まで回復したし、準備は完了だ。十一本のマホロバ草に手をかざし、圧縮していく――『十一本』が『一本』になるように。

《スキル『圧縮』を発動　『マホロバ草×10』を『マホロバ草＋9』に変換しました》

《余剰分を『魔力回復小』のオーブに変換しました》

「うぉっ……!?」

複数の『マホロバ草』が一つになる瞬間、さっきと違って発光現象が起きた――生成された『マホロバ草＋9』は、バチバチと紫の火花を散らしていたが、それはじきに落ち着いた。

そして——十一本目のマホロバ草は、合成できずに他の何かに変換された。チップではない、丸薬のような大きさの『オーブ』に。

「…………」

「七宮さん……？」

「……すごいって言葉じゃ足りなくなっちゃったから」

「あはは……まあ、上手く行ったみたいだ。一本は圧縮しきれなくて、何か別のものに変わっちゃったみたいだけど」

『オーブ』を七宮さんに渡すと、彼女はそれを親指と人差し指で持ち、月明かりに向けてかざす。

「……きれい。マホロバ草からこれができたの？」

「そうみたいだな……それは『オーブ』って言って、魔力回復の効果がある。『使いたい』と念じれば効果が出るよ、使えるのは一度きりだけど」

『オーブ』が生成された瞬間、どんな使用法なのかも同時に理解できていた。

「……夜しか魔力回復できないと思ってたのに。これなら、昼にも使えそう」

「そうだといいな。この合成したマホロバ草……『マホロバ草＋9』を残しておけば、あとはマホロバ草一本につき一つオーブが作れると思う」

「大発明だと思う。魔力の回復をする薬とかは貴重だから。マホロバ草から作れるって分かったらパニックになるくらい」

「そうなのか……じゃあ、トップシークレットってことで」

「……絶対内緒にする。藤原が……」

七宮さんが言いかけてやめる――シールドの向こうの顔はよく見えないが、どうしたんだろうか。

「……藤原くんが困ることは、誰にも言わない」

「あ……え、えーと、呼び捨てでも俺は全然……」

「……変だった？」

「いや、全然変じゃなくて……」

何か心境の変化があったのだろうか。それは聞かないお約束ということか――七宮さんは何というか掴《つか》みどころがない。

「藤原くんがいなかったら、この子に驚いただけで帰ってたかも」

「お役に立てて何より。俺も……」

「……藤原くんも？」

「いや。暗いところで一人よりは、二人の方が心強いな」

「……私より藤原くんのほうがずっと、怖いものには強そう」

シルバーコインで食事をどう変えられるのか、そんな興味で受けた採取依頼はこうして無事に終えることができた。

チップに変換した薬草は十九本、うち一本は『＋1』に変換したもの。そしてマホロバ草の『＋9』が一本と、『魔力回復小』のオーブ。これは有用だと判断して、オーブは追加で三つほど生成した。

もっと最大魔力を上げ、チップを収納するためのケースなども用意することで、一度の探索でより多くの収穫を持ち帰ることができるだろう。

何より嬉しかったのは、知り合いができたことだ。同じ寮、同じクラスといっても、場合によってはもうあまり話せないかもしれないが。

「……藤原くんにお礼がしたい」

「お礼？」

「そう。あのときも、助けてくれたから」

「……あ……」

気づいていないだろうと思っていたが、七宮さんも覚えていた。

次に強引に勧誘されていたりしても、また俺が何とかする——そう思いはしても、口にはせずにおく。

「ありがとう」

「い、いや、俺はただのクシャミがでかい通行人で……」

「……ふふっ」

いつもクールで淡々としている人が笑うと、破壊力が倍増するように思える。

「藤原くんは……ううん、何でもない」

「そう言われると気になるんだけど……」

そんな俺たちのやりとりをよそに、七宮さんが抱いた猫があくびをする。

まばらな外灯と月明かりが照らす道を、俺たちは一緒に寮まで歩いていった。

第二章　寮生活の始まりと学校生活

1　依頼達成

静波荘に戻ってくると、玄関前で秋月さんが待っていた。

「お帰りー。二人とも、外で会えたんだ……えっ、何か凄く仲良くなってる？」

「……藤原くんのおかげで、このあたりの調査が進んだ」

「えっ、そんなに？　司くん、何の調査をしたのかお姉さんに後で教えてもらうわよ」

「ち、違くてですね。マホロバ草がたくさん生えてるところを見つけたってことです」

「あはは、分かってる分かってる。すごく仲良さそうに歩いてくるから、こっちまで嬉しくなっちゃっただけ……あら？」

秋月さんが七宮さんの肩に乗っている猫に気づく。緊張の瞬間だ――動物禁止とにべもなく断られてしまうか、それとも。

「……ちょっと待って？　この子、山の裏手で見つけたの？」

「はい、捕獲の条件っていうのを満たしたみたいで……」

「待って待って、そうじゃなくて。普通は10レベル以上のパーティが、罠《わな》とか準備してようやく捕まえられる魔物なんだけど……」

「確かにかなり素早かったですね。でも、俺のスキルで何とかなりました」

俺の感覚ではそれくらいの話なのだが、やはり詳細に話さないと納得してもらえないか——と覚悟したところで。

「……とにかく捕獲できたっていうことで、その子はもう攻撃してこないってことでいいのね？」

「はい、ずっとおとなしいです」

「ここで飼うには健康状態を調べたりしないといけないから、いったん私が預かるわね」

「…………はい」

「七宮さん、猫好きなのね……そうよね、こうして見ると可愛いし……」

「ミャー」

秋月さんが指を差し出すと、猫は前足をちょいちょいと動かす——この愛くるしさに抗《あらが》える人もなかなかいない。

「……今回は特別に、この子をどうするかはお任せするわね。二人が留守のときは私のほうで面倒を見るから。それは大丈夫そう？」

「はい、俺が信頼できると思った人なら、この猫も同じみたいなので」

「ふーん、じゃあこの子を手懐けたら司くんも懐いてくれたりして」

「……藤原くんは猫じゃなくて、人間」

「ははは……え、えーと。秋月さん、依頼の納品ってどうやればいいですか？」

「薬草は持って帰ってこられなかったみたいだけど、他に何か納品するものがあるの？」

「いえ、結構たくさん採ってきました。これがそうなんですけど」

「……小さいけど、カジノのチップ？　私からかわれてる？」

こういう反応になるだろうと分かっていたので、秋月さんには『復元』を一度見せることにする。

「復元すると体積が一気に大きくなるので、離れてください」

「復元って、そんなフリーズドライみたいな……えっ、本気なの？」

チップを一枚地面に置いて『復元』する。一気に元の薬草に戻る――それを見て、秋月さんはしばらく目を丸くしていた。

「……空間魔法……いえ、これは……これが藤原くんのスキル？」

「はい、圧縮したり復元したりできます。元の薬草のままだと思うんですけど、どうですか？」

「え、ええ。この薬草だけど、大釜で煮込んで、浸出液を飲み薬にするの。有効成分を得るために必要な量が多いから、一本持って帰るのも大変で……」

『薬草採取』という依頼内容から想像するより難しいというのを、秋月さんは自分で説明してしまっている――かなり動揺させてしまったようだ。

「この薬草のチップが、こちらに十八枚ほどあるんですが……」

「報酬にしてシルバーコイン十八枚、そこにボーナスもつけてゴールドコイン一枚。これは正式な規定通りよ」

「えっ……いいんですか？　そんなに貰ってしまって」

「普通は一本持って帰ってくるだけでも十分なんだから、そうなるわね。悔しいけど私の負けよ」

いつから勝負になっていたのかとか、突っ込みたいところは色々ある。だが報酬が規定通りなら言うことはない。

「あそこにある小屋が納品場所になってるから、薬草はそこに置いておいて。依頼っていう形でなくても、常に納品を受け付けてるものもあるから、良かったらお願いね」

「納品できるもののリストとかってありますか？」

「生徒用のアプリで募集が出てるはずだけど……価値がないって言われてるアマミ草も需要があるのよ、甘味料が取れるから」

「そこらじゅうに生えてましたね……もしかしてこの山って、宝の山だったりしますか？」

「学園の敷地内にはそういう資源が分布しているところがたっくさんあるのよ。この辺りもそのうちの一つってことになるわね」

『圧縮』を使えば納品依頼はかなり効率良くこなせる——資金稼ぎにはなかなか良さそうだ。

「秋月さん、それと『すごい薬草』っていうのもあるんですが、これも納品できますか？」

「……えっ？」

「なんとなくすごい感じがする。二つの薬草を『一つ』にしたもの」

「それはどういう……な、なるほど、たしかに『一味違う』感じがするわね……」

秋月さんは少し迷っているようだった――というか、見るからに困惑している。

いったい何をしたのかと問い詰められそうなところだが、彼女は出かけた言葉を飲み込んだようで、ふう、と深呼吸をする。

「それの価値は見てみないと分からないから、とりあえず納品しておいてくれる？　良いものだったら、あとでちゃんとボーナスを出すから」

「分かりました。じゃあ、報告は以上ですね」

「ええ。早速夕食にメニューを追加する？」

「身体が資本なんで、できれば肉が食べたいですね」

ステーキもいいし、ハンバーグもいい。肉だけでなく野菜も摂らなくてはいけないが、まずは肉だ。荷物持ちには筋肉が必要だからだ。

「なかなかストイックなことを言うわね……私の技を外した少年は一味違うってこと？」

「そ、そんなに変なこと言ってますかね……七宮さんはどうする？　えーと、ちょうど半分ずつから9シルバーが七宮さんの分で」

「……全部藤原くんの分。私は何も……」

「司くん、あんまり気前が良すぎると私の方が好きになっちゃうから控えてね」

「ええっ……」

「もちろん半分は冗談だけどね。新入生が前途有望で嬉しいなー」

秋月さんは本当に喜んでくれたようで、弾むような足取りで家に入っていく。

それを見送っていた七宮さんが、ついとこちらを見て——何だろうと思っていると。

「……好きになっちゃうって」

「い、いや、あれは冗談だから。そんな、報酬を山分けするとか普通に当たり前なのに」

「……そう？」

七宮さんは俺をからかっているというわけでもないようだが——淡々としていてよく分からない。

「私は1シルバーだけ分けてくれたらいい。それでデザートを追加する」

遠慮深いというかなんというか——しかしデザートとは盲点だった。頑張った分だけ潤いを得て、毎日を豊かにしたいものだ。

2　追加メニュー

「お待ちどおさま。秋月硯《すずり》さん特製のリブステーキね」

「うわ、めちゃくちゃ美味そうだ」

「ふふふ、他の子たちも私の料理にはメロメロだからねえ」

鉄板の上でジュウジュウと音を立てるステーキ——これほど本格的なものが出てくるとは思わなくて、思わず唾を飲み込む。

「遠慮なくどうぞ。お肉はペレットで温めながら食べてね」

「いただきます。んっ……んぐっ……！」

「慌てなくてもお肉は逃げないからね。あ……白《シロ》ちゃん来た来た」

『静波荘』は玄関ホールから入ったところの母屋から、東西に二つの建物があり、俺の部屋は東館になる。七宮さんは西館で、そちらから歩いてやってこようとして——なぜか柱の陰から出てこない。

「あら？　どうしたんだろ……ちょっと行ってくるわね」

秋月さんが七宮さんの様子を見に行く。やはり男子と食事をするのは恥ずかしいし、ということになってしまったのか——と思っていると。

「えっと、先にお風呂に入りたいんだって。完全装備で汗かいちゃったから」

「あ、ああ……なるほどですね」

「そういうわけで、私も一緒に入ってくるわね。お風呂の使い方を教えなきゃだし……司くんは一人で大丈夫？」

「はい、まあなんとか……浴場は共用ですよね、さすがに」

「うちのお風呂は温泉を引いてるから気持ちいいわよ。寮生にペンションみたいな寮生活を提供するっていうのが私のテーマだから」

そういうことではなくて、男女共用ならルールを決めておいた方がいいのではと言いたかったのだが——秋月さんはいそいそとお風呂に入りに行ってしまった。

残された俺は、肉をナイフで切って口に運ぶ。溶けるような柔らかさに驚き、だがそれを誰とも共有できないのが少し寂しい。

これから秋月さんと七宮さんが一緒に風呂に入るのかと思うと、それもまた落ち着かなさを加速させる——だがこれから毎日続くことなので、無理矢理にでも落ち着くしかない。

（……どんどん気になってくる……俺はこんなに心が弱い人間だったのか……っ）

今はひたすら食事に集中する——農家の人に感謝して米を頬張り、醤油《しょうゆ》ベースのシンプルなタレで引き出された肉の風味を堪能《たんのう》する。

食事にこれほど熱が入るのは久しぶり——もとい、生まれて初めてかもしれない。しかしずっと一人で食事をしていたとはいえ、明るく話し続けてくれた秋月さんがいなくなると、広いダイニングルームが少し寂しく感じられた。

◆◇◆

食洗機の使い方を教えてもらっていたので、食後の片付けは自分でしておいた。秋月さんにお願いすることもできるが、共同生活の要は『できることは自分で』だ。

（前世のパーティじゃ、誰も家事をやらなかったな……ああ、あまり共同生活にはいい思い出がなかったような……）

片付けた自室で畳に布団を敷き、まだ寝るには早いのでテーブルの上に今日の報酬を並べ、日記をつける。

18シルバーと1ゴールド支給され、1シルバーが七宮さんの分で、俺も1シルバーでステーキを追加した。１００ブロンズの定期支給については手つかずだ。

「通貨の価値がまだ良く分かってないしな……とりあえず貯《た》めておくに越したことはないか」

シルバーの用途も別にあるのだろうが、ゴールドは何に使えるのだろう。生徒用アプリで調べてみたが、まだ入学したばかりだからか、閲覧できる情報は少なかった。

「……学園の動画チャンネル……『S《スクール》チャンネル』か」

アプリで目立つところにリンクがあったので、タップしてみると動画サイトに飛んだ。どうやら、この学園の生徒が投稿した動画を見られるらしい。

（学園ランク2位……普通に魔物と戦ってるのか。しかも、圧倒している……！）

動画には人気ランキングがあり、1位のものを開いてみると、ダンジョン内での戦闘とおぼしき動画だった。

『鳳祥《ほうしょう》先輩、カッコよすぎぃぃぃ‼』

『火力えげつなっ、殲滅《せんめつ》力スゴッ！』

『今度一緒にダンジョンアタックしてください！』

3-Aの鳳祥先輩という人が投稿した動画のようだが、とてつもない人気だ――はっちゃけたコメントも許されるあたり、校風の自由さがうかがえる。

この動画投稿はレポート提出と同じ扱いでもあり、評価の高い動画を投稿すると学園におけるランキングに反映されるとのことだった。トップランカーになるには成績だけでなく、動画レポートも必須ということだ。

（……まあ、俺も必要な範囲で投稿はできるといいな。動画映えする場面に遭遇できればだけど）

そろそろ入浴の順番が回ってこないだろうか――と思い始めたとき、スマホに着信が入った。

3　浴場のプレート

「はい、もしもし」

『ごめん、連絡するのが遅れちゃったけど、私たちはお風呂から上がりました。白ちゃんは今デザートのプリンを食べてます』

「お風呂上がりの冷たいデザートはいいですよね」

『いいよねー……あれ？　さっきまであの子、私の足にすりすりしてたんだけど……』

『……今は私の足元にいる。くすぐったい』

電話越しに七宮さんの声が聞こえてくる。どうやら猫も一緒にいるようだ――いつまでも猫と呼ぶのは何なので、名前を付けたほうがいいかもしれない。

「秋月さん、七宮さんに猫の名前を考えておいてほしいと伝えてもらえますか」

『あ、いいわねえ。白ちゃん、猫の名前ってどうする？』

『……藤原くんとアイデアを出して、後で決めたい』

「じゃあ、俺も考えておきます……と伝えてください」

『はーい』

通話を終え、風呂の準備をして部屋を出る。さっき部屋の窓から見えていたが、中庭にある竹に囲まれたところが浴場と教えてもらった。

東館、西館、母屋のそれぞれから中庭に移動することができる。脱衣所の入り口であるドアにはプレートがかけられるようになっていて、『入浴中』のプレートがあるときは誰かが入っているということになる――今は外れている状態だ。

ドアノブをひねり、脱衣所に入る。カゴにはそれぞれ部屋番号が書いてあった――俺は5号室なので、その番号を選ぶ。

(……ん？　何か音が……気のせいか？)

誰もいないと気を抜いていたせいで、反応が遅れる。

カラカラと音を立てて、浴場に続くドアが開く。

「はぁ、私としたことが忘れ物なんて……」

開くはずのないドアが開く。脱衣所から風呂に入ろうとする人は当然裸で――俺の目の前にいる人は、俺よりも小柄な女子で。

目を瞬きながら現実を認識する。この人は間違えて入ってきてしまったのだ――なぜそうなったのかというと、理由は幾つか考えられる。

「アコヤ、あんたさっきはまだ入らないって言ってたのに……いつも言うことコロコロ変わるんだ

006
012

から」

風呂場から出てきた女子――セミロングの髪をしていて、気が強そうな美少女だ――が凄く目を細めているのを見て、そんなことがあるのかと思い至る。

（普段コンタクトとかをしてる人が、外してるから見えてない……？）

「はー、話しかけてるんだから返事しなさいよ」

そうは言われても、声を出したら男だと分かってしまうだろうし――いや、こうして目の前にいること自体に問題があるのだが。

「あんたまたこんなにサラシきつく巻いてんの？　ガチガチじゃない……いつも言ってるけど、こんなことしてたらおっぱいが型崩れしちゃうわよ」

それはいちおう胸筋にあたる部分だが、さすがに気づかれるというラインを超えても気づかれなかった。そんなに俺の姿がぼやけて見えているのだろうか。

「ま、アコヤのストイックなところは見習いたいけど。次の配信では一桁狙いたいし、身体も絞っていかなきゃ。いくら意識してもこんなぷにっとしちゃってさ、ほら触ってみてよ」

そう言われても、さすがにこちらから触れるわけにはいかない――と思ったところで。

「……ひっくしゅ！　はー、湯冷めしそうだから戻るわね。あーもーどこいったの、私のバレッタ」

どうやら風呂場で髪を上げるのに使うバレッタを忘れて取りに来たということらしい。そして裸眼ではよく見えなくて、俺のことを他の人と勘違いした。

無事にバレッタは見つかったようで、嵐は去った。だが、安心するにはまだ早い。

（本当にアコヤっていう人が来るとまずいな……）

迅速に着替え、脱衣所を出て東館に戻る。そのとき振り返ると、西館から誰かが出てくるのが見えた。

（俺に非はないと思いたいが……バレたときの心構えはしておくか）

静波荘の住人は、これで秋月さんを除いても三人が女子――秋月さんが俺が入寮することに納得していない人がいると言っていたことが、今さらに思い出される。

何はともあれ、寮生活において風呂場のプレートが目に入らない人がいるというのは、教訓として覚えておきたいところだ。

SIDE1　旧友

司が浴室から一時撤退したのちに、時間を置いて再度入浴に挑戦している頃のこと。

秋月硯は小屋に納品されていたものを確認し、管理人室に戻ってタブレットを立ち上げていた。

『おー、硯じゃん。ジャージにエプロンって、ほんと形から入るよな』

チャットの画面に映ったのは、電子煙草《タバコ》を咥《くわ》えたメッシュ髪の女性――彼女の挨拶に苦笑しつつ、硯はエプロンを外してデスクの前に座った。

「あなた、今もそんな言葉遣いで……変わらないわね。ちょっとくつろぎすぎじゃない？」

『研究室はそれぞれ個室みたいなもんだから、居心地いいんだよね。家とかしばらく帰ってないし』

「仕事が楽しいのはいいけど、ちょっとはまっとうな社会生活を……」

『こーやって硯と話しながら酒飲んでれば、それなりにまっとうと言えるっしょ』

「まったく……あ、何よそのプシュッって。私も飲みたくなるでしょ」

『部屋の冷蔵庫にビールいっぱい入れてんでしょ？　寮生には見せられないね』

「そんなことするわけないじゃない……私ビールより日本酒の方が好きだし。まあ、今日はビールにしとこっかな」

硯は冷蔵庫からビールを一缶持ってくると、グラスに注ぐ。ぎりぎり泡が溢《あふ》れずに止まったグラスを画面の向こうに向けて見せてから、ぐっと喉に流し込んだ。

「……ふぅ、美味《おい》しい」

『その感じがお嬢様だよねー。ビールといったらぷはぁ、ってするでしょ』

「お嬢様とか……これでもだいぶ、そういうのは抜けたと思ってるんだけど」

『そう？　ま、それはいいとして。さっきメール見たけど、新入生が凄いかもしれないんだって？』

「しれないじゃなくて、もう確実に凄いことは凄いんだけど……」

『男は苦手って言ってたのに、年下だと大丈夫なのな』

「そういうわけじゃないけど……ああ、でもそうかも。ときどき年下と思えないのよね。落ち着いてるっていうか、私より年上に感じるというか」

『ふーん。私もちょっと興味出てきたかな、その男子。硯が興味持つくらいだから面白い奴なんだろうし』

「姫乃《ひめの》の興味はすぐにそういう方向に行くんだから。これは仕事というか、教育者の端くれとしてのね？」

硯の友人――姫乃と呼ばれた女性は、カラカラと楽しそうに笑う。硯はため息をつきつつ、テーブルに頬杖《ほおづえ》をついた。

「……この寮がある山の裏手は、野外ダンジョンっていう一面もある。探索者に対する課題が、天然で用意されてる場所なのよ。目的地を目指して進み、成果物を手に入れ、魔物に対する対処も必要になる」

『そんなとこに新入生を送り出して、危なかったら助けて……って、結構楽しそうじゃん』

「今回は、助け舟は出す必要がなかったんだけど……新入生二人が持ち帰ってきたものの中に、どうも気になるものがあるの」

『へー、そんなところで未発見のものとか見つかるんだ』

「いえ、見かけは普通の薬草なんだけど……『鑑定』してみたら、『薬草＋1』だって表示されたのよ」

『……んぁ？』

間の抜けた返事をする姫乃。椅子の上にあぐらをかいていた彼女は、急に座り直した。

『……なんかの間違いじゃないの？』

「いえ、何度試してみても同じだったわ。二人はそれを『なんとなく凄い』と言っていたけど……」

『薬草みたいな天然の植物が「+1」になるなんてことはなかなかない。生育する環境が揃《そろ》えば「+1」になることはあるけど、そんな場所で採れることはありえない』

「ありえないけど、でも実際にあるのよ。そっちに送ってもいい？　分析してみてほしいから」

『「鑑定」の結果が出てるのならそれは「+1」で間違いないんだろうけどな……よほど運がいいのか、なんなのか。もし人的要因で「+1」になったんだとしたら、私が一ヶ月くらいその生徒を借りたいくらいの話だ』

「彼のことは上層部にはまだ知らせたくないけど、今後活躍していくとしたらどうしても隠しきれなくなるかもしれない……それでも、できるだけ私が見ていたいと思ってるの」

『まあ、それは硯の自由にすればいいと思うけど。私に連絡してきたってことは、何か私にも協力させてくれんだろ？　そんな面白そうなのがいるなら、私から挨拶に行くよ』

「『薬草+1』なんてものが見つかるのがどれくらいまれなことか、姫乃にも意見を聞きたかっただけ。今のところはね」

姫乃は苦笑し、電子煙草を吸おうとして――途中でやめる。

『話してたら久しぶりにダンジョン行きたくなった。その子と一緒だったら、何かとんでもないことが起きそうで』

「そうよね……それができる立場じゃないけど、一度学生に戻りたいくらい」

『卒業したばかりで制服着てみるってのもキツイよな。硯はいけそうだけど、私は無理だわ』

「制服を着てもパーティは組めないけどね。プライベートでも、寮監と一緒なんて嫌でしょうし」

『ふだんから手懐けとけばいいじゃん。硯の料理を毎日食べてたらそれだけで抜け出せなくなるんじゃん？』

「そういうつもりで作ってるわけじゃないわよ……でも、初日から追加メニューを出すことになるなんて思わなくて、ちょっと嬉しかったわね」

『「薬草＋1」を見つけただけじゃなくて、初日からシルバーコインまでゲットしたんだ。私が取ったの三日目くらいだっけ、懐かしくて死にそう』

「本当にね。あの子たちなら、私たちより上のランクに行けるのかも……」

『元トップランカーがそんなこと言ってるって、私から教えてあげよっかな。なんて、私みたいなのが出てきたら怖がっちゃうか』

とりとめもない話が続く。硯は旧友と昔を懐かしみながらも、自分が受け持った有望な生徒の今後について思いを巡らせていた。

一方、自分の話をされているとも知らず、司は自室で『プリンを圧縮すれば無限に収納できるぞ』という謎の寝言を言っていた――入学初日の夜はそうして更けていったのだった。

4　名付け

「ちょっ……そ、そこは……そこは頬……ハッ」

うなされて目を覚ます——何かくすぐったいと思ったら、猫に顔を舐められていた。

「……変な夢だったな」

俺の好物の一つがプリンだが、なぜかそれが魔物と化して襲ってきた——我ながら夢診断のしようがない。

脱衣所で鉢合わせた先輩——俺以外には新入生が七宮さんだけということで先輩である可能性が高い——は、俺と遭遇したことにはどうやら気がつかなかったようで、「藤原くん、ちょっと……」とシリアスな呼び出しを受けることはなかった。

（あー、でも謝った方がいいよな……けど向こうが気づいてないのなら俺も忘れることが平和なのか……いやしかし……）

『ぴんぽんぱんぽーん。おはようございます、朝六時半をお知らせいたします。朝食のオーダーができるのは七時半までですので、新入生の方はそれまでに来てください』

秋月さんの声が聞こえてくる——どこから聞こえるのかと見てみると、壁の上のほうに小型スピーカーが取り付けてあった。

『それとモーニングコールは必要なかったらなしにもできます。止めなかったら毎日頑張りますのでよろしくお願いね。秋月でした』

最後はフランクな口調になって終わった——あの言い方からすると、七時起きは結構頑張らないといけないのだろうか。

◆◇◆

洗面所は西館と東館、リビングの三つにそれぞれ用意されている。鏡を見ると悪夢を見たことによる隈《クマ》が——ということもなく、今日も普通に健康だ。というより微妙に熱いというか、エネルギーを持て余してしまっている。

(あの人、すごいプロポーションだったからな……って、褒めれば許されるってものじゃないな。猛省だ)

他の寮生がいたらまず挨拶しなければと思いつつ、リビングに行く——すると、昨日とは違ってジャージ姿ではなく、パリッとしたOLのような服装の秋月さんがいた。

「おはようございます」

「おー、早いね。阿古耶《アコヤ》ちゃんもいるから、自己紹介しようか」

「っ……は、初めまして、藤原という者です。昨日からこの寮でお世話に……」

テーブルの端に座っていた人——アコヤという人は、黒髪を後ろで結んだポニーテールの女子だった。

女子——のはずなのだが、彼女は男子の制服を身に着けている。しかし、それが違和感がないほど似合っていた。

「……拙者《せっしゃ》からもよろしく頼む」

（せ、拙者……！）

まさか現代に生き残ったサムライ、あるいは忍者の家系だったりするのでは――つい中二心をくすぐられるが、そこまで発想が飛ぶのは無礼すぎる。

「拙者は天城《あまぎ》阿古耶《あこや》という。ご想像の通り武家の末裔《まつえい》にござる」

（ござる……！）

一言ごとに心を鷲摑《わしづか》みにされる俺――それを見て秋月さんが口を押さえて肩を震わせている。

「……というのは私のルーツの話で、普段はそんな口調では喋《しゃべ》らないのであしからず」

「あはは……阿古耶ちゃんその自己紹介好きよね」

「好きというか、ついやってしまいますね。よろしく後輩君」

「よ、よろしくお願いします」

サラシで胸を押さえつけているということだったが、男装の理由はなんなのか――気になりはするが、初対面で聞けることではない。

「さて……私はもう朝食を終えたので、朝練に行かないといけない。君も何か部活に興味があったら、ぜひ古流剣術部を検討してほしい。初心者でも刀の扱いを一から教えるよ」

（古流剣術……！）

この世界に転生してからというもの、俺はあくまで『荷物持ち』ではあるのだが、『サムライ』に対しては心惹かれるものがあった。武士の末裔で古流剣術で刀を使うなんて、正真正銘のサムライだと言って過言はないだろう。

「司くん、さっきから阿古耶ちゃんの一言ごとに目がキラキラしてるわよ」

「……そうなのかい？」

「い、いやその……カッコいいなと思って。刀っていいですよね、サーベルとかもいいですけど、やっぱり刀には心惹かれるというか」

そんな発想で感激しているというのは、逆に失礼になってしまうだろうか——と思ったが、それは杞憂《きゆう》だった。

「……カッコいい……私が……」

「阿古耶ちゃんは硬派だけど、恥ずかしがり屋なのよね。司くんもお手柔らかにね」

「なな何をっ、照れてなんていませんよ……私を照れさせたら大したものだよ？」

肌が白いということもあるが、思い切り顔が赤くなっている——こちらまで赤面してしまいそうなくらいだ。

「……コホン。ああ、一つ言っておくよ。2号室の樫野《かしの》っていう二年生なんだけど、ちょっと扱いが難しい子だから。そのうち私から紹介してあげるよ」

「あ、ありがとうございます。樫野先輩ですね」

「ちなみに私も二年だから、学校で一緒になるのは少し先だね。学年をまたいだ行事もあるからさ……じゃあ、ごゆっくりどうぞ」

阿古耶先輩はそう言って出かけていった——カバンの他に背負っている革袋は、剣術の道具が入っているのだろうか。

「瑛里沙《えりさ》ちゃん……私は下の名前で呼んでるんだけど、樫野瑛里沙さんのことね。あの子は今日はもう出てるわね。放送委員の仕事があるから」

「放送委員……た、大変ですね、朝早くから」

俺が口ごもってしまうのは、おそらくその樫野先輩が、昨日浴室で出くわした相手だからだ――バレッタを探すときに、２番のカゴを探していたから。

「……あっ、おはよう白ちゃん」

西館廊下からリビングに入ってきたのは七宮さんだった――俺も秋月さんに続いて挨拶をしようと振り返る。

「……おはよう」

昨日の夜最後に見たのは防護服を着た姿だったから――という以上に。窓から差す朝の光の中で、その姿が眩《まぶ》しく見える。

靴下の長さはどうやら校則的に自由なようだが、七宮さんの場合は膝上のスカートにニーハイソックスという組み合わせで、おのずと絶対領域が生じてくる。俺はもしかして脚好きなのではないか、と目覚めそうになるほどの――って、我ながら浮つきすぎだ。

「おはよう……ふふっ、まだ少し眠そうね」

「……新しい枕でも、よく寝られた」

「タイが少し曲がってるわね……これでよし、と」

「……藤原くん、もうご飯食べた？」

「ああ、俺もこれからだよ」

七宮さんが俺の向かいに座る――同級生と朝から向かい合わせで食事をするというのは、やはり新鮮に感じる。

彼女の長い髪は、名前の通りに白に近い――銀色というのだろうか。俗世離れした雰囲気もあって、神秘的ですらある。

「……昨日はごめんなさい、先にお風呂に入りたくなって」

「ああ、俺は全然大丈夫だよ」

そう返事をしたところで、リビングに猫が入ってきた。お腹《なか》が空いているらしく、秋月さんがいるキッチンの方に入っていく。

「藤原くん、あの子がいたずらしに来なかった？　すごく賢くて、ドアも開けちゃうから」

「あー、部屋のドアを閉めるのを忘れてたから、それで入ってきてたのか。七宮さん、名前は何か思いついた？」

七宮さんは少し言いにくそうにする――心なしか頬が赤く見えるのは、恥ずかしがっているんだろうか。

「……ツカサ……は藤原くんの名前だから、プリンから取って、リン」

なぜ俺の名前が候補になるのか――七宮さんの思考に追いつくにはまだ修行が足りない。

「プリンのリンちゃんね。キャラメルみたいな色の柄が入ってるし、いい名前だと思うわよ」

「では決定ということで……これからよろしくな、リン」

秋月さんと一緒にやってきたリンは、それを自分の名前と認識しているのかどうなのか——なぜかコロンと床に転がってお腹を見せていた。

5　激震

朝食を終えて出かける。七宮さんと一緒に玄関から出ると、秋月さんが自転車に跨《また》がっていた。

「帰りの上りをなんとかできるなら、自転車で行くとあっという間なのよねー」

「秋月さん、その格好なら車の方がいいんじゃ……」

「自転車の方が小回りが利いていいのよね、この辺りで過ごすなら。車ももちろん運転できるわよ、まだペーパーだけど」

疑っているわけではないのだが、秋月さんはわざわざ免許証を出して見せてくれた。

「そうなんですか……免許の写真、物凄く写りがいいですね」

「っ……あ、あのねえ、大人をからかわないの。それはちょっとは気合いを入れて撮ったけどね？自分でも自信はあったりするけど？」

照れながらも喜んでいる秋月さん——しかし俺が見ていることに気づくとじっとり睨《にら》んでくる。表情が豊かな人だ。

「……自転車が手に入ったら、改造とかはしてもいいの？」

「学園の敷地内なら大丈夫だと思うわ。白ちゃんの場合、エンジンをつけたりとかじゃないんでしょうし」

エンジンつきの自転車というのもあるが、あれは原付の扱いになるんだろうか。七宮さんの改造はそういうアプローチではなさそうだ――『魔工師』のスキルはそのようなことにも使えるのだろう。

「それじゃ、気をつけて行ってきてね。自転車もそうだけど、買いたいものがあるときは購買部で聞いてみるか、帰りに街の方に寄ってみるとか、方法は色々あるから。もちろん私もある程度は融通してあげられるし」

「ありがとうございます、ちょっと考えてみます」

「……行ってきます」

静波荘からしばらく歩くと、学校に向かう長い下り坂に入る。ついその辺りの草を見ても納品できそうかと考えてしまうようになったが、やはりそういったものはどこにでもあるわけではない。

「……今日は、ダンジョン実習が半日ある」

「最初に授業の説明が少しあって、それから夕方までずっと実習みたいだな」

「……お昼ご飯、一緒に食べる？」

一瞬、七宮さんが何を言ったのかが分からなかった。

やがてその意味が理解できたとき、俺は肩を震わせていた。

「藤原くん……？」

「っ……めちゃくちゃ、嬉しい……」

「……泣いちゃうくらい？」

「いや、だって……！」

感情が溢れてしまう。それはこの世界で生きてきた時間だけじゃなく、『荷物持ち』として生きた前世からも来ているものだった。

だが、それを言ってもきっと七宮さんを困らせてしまう。落ち着けと自分に言い聞かせて、やっと言葉を絞り出す。

「……俺の職業ってランクEだし、クラスの扱いもだいぶ厳しいものがあるしさ。基本ソロプレイヤーとしてやっていくしかないのかと思ってて……」

「そんなことない。昨日、会ったばかりなのに、二人でちゃんとできてた」

七宮さんの言葉の一つ一つが心に染み込むようで、泣いたりはしないが、さっきから感動しすぎて声が震えそうになる。

（一人の人間として見てもらえるって、こんなに嬉しいんだな……）

「……私の職業は……ランクが高いから、もしかしたら他の人に誘われるかもしれない。そうなっても、私は……」

彼女が何を言おうとしてくれているのかは分かる。それでも、俺は無条件にそれに甘えるわけにはいかなかった。

「良いパーティメンバーが揃ってるなら、ダンジョンの中でも比較的安全だと思うから。俺のこと

は心配しなくて大丈夫、何とかやってみるよ」

「……分かった、藤原くんがそう言うなら」

七宮さんと胸を張って組むには、自分の評価を相応に上げてからにしたい。あの二人が組むのは不自然じゃないと、皆がそう思うくらいに。

◆◇◆

だが、しかし。

ただ七宮さんと一緒に登校してくるだけでも、俺の想像を遥《はる》かに超えるほど、男子生徒たちには動揺が走っていた。

「お、おい……新入生美少女ランキングで現在一位を争ってる七宮白の隣に、男がいるぞ……！」

「誰だあいつは……ラ、ランクEの雑魚《ざこ》だと!?」

「お、同中《おなちゅう》か……それとも全人類の大敵《アークエネミー》、幼馴染《おさななじみ》か!?」

「俺が推すつもりだったのに入学二日目に奪いやがって……憎しみで右手の疼《うず》きが抑えきれない……！」

「「殺せ！　殺せ！　殺せ！」」

(男子生徒の方が魔物より怖いんだが……というか、今日無事に帰れるのか？)

「……私も……」

「……え？」

「藤原くんに助けてもらうだけじゃなくて、私も助ける」

七宮さんがそこまで思ってくれている――そうなると俺も、情けないことは言っていられない。

できるだけ最短で周囲に認めてもらう。そのためには、今日の実習で結果を出すことだ。

6　ソロプレイヤー＋1

玄関ホールから1年D組の教室まで歩く間に、本気の殺意がこもった視線を受けたり、舌打ちをされたり、これ見よがしに親指を下に向けられたりと色々あったが――とりあえず、この空気ではまともに学園生活を送れないので、何とかしないといけない。

痛感しているのは俺が『荷物持ち』――ランクが低い職業ということは普通に知られていて、それでさらに状況が悪くなっているということだ。

職業自体は変えられないので、変えるべきはやはり『学内ランキング』の方だ。一限目のカリキュラム説明で、担任の伊賀野先生がランキングについて教えてくれた。

「今日の始業時間の段階で、みなさんの生徒データに基づいてランキングが見られるようになっています。ステータスアプリを見てみてください」

総合ランキング：２９６０／２９６４
一年ランキング：９９８／１０００

最下位ではないが、これはもう同率で最下位みたいなものなんじゃないだろうか。同じ学年には俺より下に二人しかいないが、どんな職業なのだろう。

「このクラスで一番順位が高いのは日向くんです。一年生から三年生の総合ランキングでも、すでに上位に入っているはずです」

伊賀野先生がそう説明するとクラスがざわつく――特に女子の一部は、もはや日向の親衛隊みたいになっている。

「やっぱりナイト様は違うのね……」

「初手《しょて》から違いを見せちゃう人よね……」

「最初は職業のアドバンテージがあるだけだよ。そうですよね、先生」

「それもありますけど、職業もその人の才能ですからね。日向くんが優秀であることは間違いありません」

伊賀野先生まですでに日向に心酔しているような、大袈裟でなくそんな空気がある。

廊下側の前の方に座っている七宮さんの横顔には、どんな感情も見えない。日向のようなクラスメイトをどう思っているのだろう――そう思うのも嫉妬だろうか。

「みなさんは、ダンジョン内での成果で評価点を得ることができます。これはランキングに直結する点数ですし、評価点に応じて追加で専門授業を行うことができます」

専門授業とは、自分の職業で得られるスキル以外の『副職業スキル』を得るための授業らしい。

評価点が高ければ、荷物持ちとして以外のスキルを習得できる可能性がある——つまり戦闘技能などを得られるかもしれない。

「先生、それだと『荷物持ち』みたいな職業でも魔法使えたりするんすか？」

初日から煽《あお》ってきている男子——鹿山《かやま》という名前なのは今日知った——は、今日も俺をネタに笑いを取ろうとしていた。昨日のウケが良かったので味を占めたのだろうが、こちらは勿論《もちろん》いい気はしない。

「はい、専門授業を進めれば使えるようになる場合もあります。ただ『副職業スキル』と言われている通り、『主職業』と違って熟練度の限界は低くなります」

「へー、じゃあ弱いやつは弱いままなんですね」

「鹿山くん、そんなことを言ってはいけませんよ。みなさん今は新入生で、可能性の塊みたいなものなんですから」

「そんなこと言って、先生だって日向くんの凄さを認めてるじゃないですかー」

「それは……」

伊賀野先生が押されている——そこに割って入ったのは日向だった。

「僕も専門授業には興味があります。評価点を取れば授業を受けられるんですね。今日の実習から評価されるんですか？」

「はい。今日は簡単な課題をこなしてもらいますが、そこでも評価点はつきます」

「ありがとうございます。じゃあ、そろそろダンジョン実習のメンバーを決めませんか？」

「そうですね、今日は三人一組でダンジョンに入ってもらいますので、今からグループを……」

「はーい、ナイト様と組みたいでーす」

「じゃあジャンケンで決めないと、組みたい人二人以上いるんだし」

日向のパーティメンバーを巡っての女子たちのジャンケンが始まる――そしてこのクラスの人数はというと、三十二人で一人は病欠だ。

「あー、負けちゃった。もう一人誘わなきゃ……七宮さんまだ決まってない？」

「……私は……」

「私たちと組もうよ。それとも七宮さん、組みたい人いるの？」

何となくこういう展開になるのは分かっていた――クラスの人数的にどのみち一人足りないグループができるところを、さらに一人休んだというだけだ。

「うわー……さすがにこうなるとは思ってなかったわ。荷物持ちくん一人とか」

「では、特別に四人一組のグループを……」

その言葉に甘えるというのも選択肢としてなくはない。なくはないが――。

「俺は一人で大丈夫です」

その選択には意図があった。ソロプレイヤーになることも覚悟しているというのは、俺のスキルを容易に他者に見せられないという意味でもある。

俺の言葉を、クラスの皆がどう受け取るかといえば——まず最初に、驚き。みんな信じられないものを見る目でこちらを見ている。

七宮さんには心配をかけてしまうが、俺も考えなしでやっているわけではない。追い詰められてそうしているわけでもない——だから真《ま》っ直《す》ぐに先生を見つめる。

「……わ、分かりました。ですが、完全に単独で行ってもらうのは危険ですから、同行者をつけますね。自律型自動人形の『ドール』です」

「ドール……そんなんつけてもらえるのズルくないすか？」

鹿山は不平を言うが、先生は今回は取り合わず、いったん教室の外に出た——そして戻ってきた先生の後ろには、ふよふよと浮いて移動する人形のようなものがついてきていた。

「——だははははっ！　な、なんすかそれ、ロボットっすか!?」

「ダンジョン随伴用の自動人形です。このタイプは『サイファー』と言って、弱い魔物なら単独でも退治できますし、簡単な命令なら実行させることができるんですよ」

「へえ……そのサイファーがいれば、藤原くんも心強そうですね」

日向は本当にそう思っているように見えるが、やはり皮肉に聞こえる部分はある。

人間と組めないので自動人形と、なんてどうかと思いはするが、先生の言う通り単独よりは良いんだろうか。そうだと思いたい。

サイファーがふよふよと俺の席の後ろまで移動してくる。高さは俺が立ったときの胸に届くくらいか——近くで見ると思った以上に精緻な造りをしている。魔法使いのようなシルエットだが、こうして近くで見ると思った以上にロボット感があった。

それがマイナスの印象ということは全くない――むしろ俺はロボを見るとワクワクする方だ。

「自動人形を同行させてもらうだけでも評価点はつきますし、もし壊れてしまっても修理などはこちらで行いますので、藤原くんはとにかく無事に戻ってくることを最優先にしてくださいね」

「なんとかやってみます」

サイファーの頭部分が動き、こちらを向く。人形といっても顔の部分には、単眼《モノアイ》カメラのようなものがついているだけだ。

（銃みたいなのもついてるが……これが武器か。魔力を感じるし、動力は魔力と……）

「…………」

この展開は七宮さんにも予想できなかったようだが――サイファーに興味があるようで、彼女はじっとこちらを見ている。俺と目が合うとすぐには逸らさず、何か訴えかけるように見てくる。

「それでは次の時間からは実際にダンジョンに入りますので、みなさん準備をしてください。制服でもいいですし、ジャージでもかまいません。破損した場合は一定回数までは無料で支給されます」

制服でもいいのなら、今日のところは着替えずにおく。クラス全員考えは同じで、俺たちは制服姿のまま、ダンジョンのある区画に向かう。

「今日はよろしくな」

「ハイ、マスター」

「っ……喋れるのか。凄い技術だな……」

クラスメイトたちから遅れて最後方にいるので、サイファーとのやりとりは見咎められなかった。

この相棒はどんな力を持っているんだろう——自分のスキルを試す以外にも、今回のダンジョンでは良い経験が積めそうだ。

7　初回ダンジョン実習

校舎のある区画とは隔壁で隔てられているエリア。その中の敷地がまた広く、一個のグラウンドくらいの広さがあったが、その中にコンクリートの建造物が建てられていた。

建造物の中に入ると、地下に潜る階段がすぐに目に入った。もしものときのために、ダンジョン外にも多重のセキュリティを設けているという印象だ。

「ダンジョンに入る前に、少し説明をさせてもらう」

ダンジョン実習を担当する連条《れんじょう》先生——白髪混じりだが、年齢は三十代ほどに見える男性だ——は、スーツ姿だが腰に剣を帯びている。

想定してはいたが、それはダンジョン内に魔物が出ること、先生が救助に備える必要があることを示していた。

「この階段を下りた先は常に同じというわけではなく、一定の周期で『転移位相』の変化が生じる。転移する先が変わるわけだな。この周期が変わらないうちに全員入れば、クラス全員が同じ場所に転移することになる」

「せ、先生、私転移って今までしたことないんですけど……」

「普通はないだろうな。だが、ダンジョンではそれは日常茶飯事なんだ。転移して壁の中に飛ばされたって事例は、今のところ報告がない。この学園では創立以来ダンジョン探索による死者は出ていないが、傷病者は出ている」

急にプレッシャーをかけられ、クラスメイトたちが緊張しているのが分かる。

俺もあの白日夢を見る前なら、同じように恐れていただろうが――『ベック』として異世界のダンジョンに潜っていたときの記憶があると、「ダンジョンなんて危険で当たり前だろう」と腹をくくれる。

それでも得られるものは多く、ダンジョンは人を惹きつける。『ベック』のいたパーティが、深淵より来《きた》る獣を討伐することによる名誉を求めたように。

「もし危なくなったら『離脱のスクロール』を使え。これは迷宮内での収穫を失うが、代わりに外までは出ることができる。班員が危険だと判断したらその場で自動で発動するようにもなっているから、意地でも使わないということはできない」

「先生、それって落としたりしたらどうなるんすか？」

「落とすな、としか言えん。実際過去にスクロールを落とした生徒はいるが、その時は我々で救助した。そこまでの事態になると、学園に在籍し続けること自体が難しくなる場合もある。理由は単純で、親御さんに心配をかけるからだ」

「へえ、そうなんですか。ウス、勉強になりました」

質問した鹿山がこれ見よがしにこっちを見るが――それこそ他者のスクロールを奪ってどうこうするとか、そんな行為自体が大問題だろう。

（昨日より敵意が増してるな……俺が七宮さんと登校してきたのを見てたってことか。そうすると勧誘を中断させたことも引っかかってくるだろうが……）

生徒の方が魔物より怖いなんてさっきは思ったが、それで実害を被るようだと洒落にならない。クラスメイトに対しても気をつけて立ち回らなくては――杞憂かもしれないが、無警戒でしてやられるよりはいい。

「お前たちには二つの課題のうち、いずれかの達成を目指してもらう。一つ、魔物を一体でいいから倒すこと。二つ、このような『魔石』を見つけてくることだ。どちらも数が多いほど評価点は上がるし、迷宮内には他の達成目標もあるが、そこまではまだ考えなくてもいい」

「私たちは目標を達成して、外に出てくればいいんですか？」

「そういうことだ。このタイプの魔法陣を見つけたら、その上に立てば地上に転移できる。時間はたっぷりあるが、フルに使う必要はない猶予時間《バッファ》だ」

「先生はダンジョンには入らないんですか？」

「各クラスの担任のうち二名がダンジョンに入るが、お前たちが想像するよりもダンジョンは広い。見回りの際に遭遇する可能性は低いが、会ったら挨拶くらいはしておくといい……それと、これも重要事項だが」

先生がタブレットを操作して、魔法陣の形状を俺たちに見せてくれる。一つは転移の魔法陣で、もう一つはまた違うようだ。

「こいつは召喚の魔法陣だ。罠だから踏むな。よほど自信があるやつは踏んでもいいが、実習初日からはオススメできない……話は以上だ」

クラスの皆がざわつきつつ、順番に階段を下りていく――途中で闇に溶けるように消えるが、あれで転移しているということか。

8　分かれ道

「……その自動人形《ドール》だが、担任から説明は受けているか？」

俺もサイファーを連れて階段を下りようとしたところで、先生に呼び止められた。

「説明ってほどの話はされてないですが、命令は聞いてくれるみたいですね」

「そうか……伊賀野のやつ、新年度だというのに気が抜けているな。そのドールだが、迷宮内では瘴気《しょうき》を動力に変換できるから、完全に停止するということはない。だが攻撃の際には魔力が必要だ。お前は魔法を使えるか？」

「いえ、今のところは何も……」

「そうか、それなら通常弾のみになるが、この装填口に触れることで魔力弾を充填できる。装填できる弾は他にも色々あるが……まあ、今回は特殊弾は使えないな」

「はい、分かりました。ありがとうございます、連条先生」

「……今どき珍しいくらい純朴な奴だな。一人でも腐らず頑張れよ」

先生が俺を気にかけたのは、俺だけ単独《ソロ》だからだったということか。

「マスター、ワタシモイマスノデ、フタリデアリマス」

「……このドール、後期型か。俺が学生の頃は単語くらいしか喋れなかったもんだが、時代も変わるもんだな」

昔を懐かしむモードに入った連条先生を置いて、俺もダンジョンに入る――階段を下りていく途中で視界が真の闇に覆われ、その後には、いかにも迷宮という広い岩窟の中にいた。

「じゃあ、提案した作戦通りに進めていこう……ああ、藤原くんがまだだったんだね」

「おっそーい。もうナイト様が方針を決めてくれたから、その通りにしなさいよ」

「少し先生と話してたんだ。作戦っていうのは？」

「遅れてきたくせに一言もなしかよ」

「はいはい、話が進まないから鹿山くんはステイね」

「……チッ」

虎刈りのガラが悪い斧持ちが鹿山、彼をなだめているのが長倉《ながくら》、舌打ちをしているクロスボウ持ちの生徒が猪里《いのさと》。元からの知り合いかもしれないが、そうでないならよほどこの三人は波長が合ったのだろうか。

「見ての通り、この場所は広い空洞だが、いくつも別方向に道がある。迷宮の難易度も初めから高いわけではないと思うし、全員で一緒に行動するよりは分散した方が効率的だ」

日向の言うことは筋が通っている——仮定が含まれている以上、全て彼の言う通りとも限らないが。

（……日向はすでにクラスの主導権を握っている。そしてダンジョン攻略にも確固たる自信があるみたいだが……）

「藤原くんも同意してくれているようだし、行動開始だ。みんな、無事に外で会おう」

「ナイト様、他の班についていってもいいんですか？」

「ああ、構わないよ。ただ一つの方面に大人数が集中すると、効率が悪くなるかもしれない。一緒に行動するのは二グループまでにしておこう」

日向の班についていくことを提案したのは、ジャンケンに負けて日向と組めなかった女子の班——つまり、七宮さんも同行することになる。

「日向くんと女子五人一緒って、やっぱあの人はすげえな……」

「七宮さん持ってかれちゃったね。あくまでも偶然って感じで」

「そりゃ偶然だろうよ。誰がどう見てもこの流れならな」

（……そういうこと、なのか？）

七宮さんが振り返ってこちらを見た——彼女が示したのは、同じ方面の分かれ道。

「荷物持ちくん、そっち行っても七宮は帰ってこねーぞ？　いい気になってたツケが回ってきたな」

鹿山が挑発してくることは予想できていた。何を言われるのかという内容もだいたい想像通りだ――だが。

「っ……て、てめえ、なんだその目は……っ」

「こっちの方向は、先のほうで道が分かれてる。日向くんたちとは違う道に行くつもりだよ」

「そ、そうかよ……」

「えっ、鹿山きゅんどうしたの？　なんで荷物持ちくんにビビってんの？」

「ビ、ビビってねえよ。クソが……魔物でも何でも出てこいよ、ぶっ飛ばしてやるよ」

他の班も行動を始めるが、日向の指示通りに最大でも一つの方面に行くのは二班までになっている。日向の目が届かないところでも言うことを聞くほど統率されているということだ。

（まあ、俺の場合はどのみち単独だろうからな……予想通り他の班はこっちには来ない、と）

「マスター、ゴメイレイヲ」

「よし、行こうか。こういう地形でも問題なく進めるのかな？」

「ワタシハ『浮遊』トクセイガアリマス。問題ナシ《ノープロ》デス」

作った人の語彙が反映されているのだろうか――心構えはしてきたとはいえ単独行動をする上で、サイファーの人間的な反応には救われるものがあった。

9　コア

サイファーは常に俺より少し前を行こうとする。前衛を務めてくれるということだろうか――一応尋ねておくことにする。

「俺より少し前に位置取ってるのは、魔物から守ってくれようとしてるのか？」

「ゴメイサツデス」

「ご明察……って、サイファーもあまり防御力が高そうには見えないけど」

「ゴランニナリマスカ」

本当に流暢《りゅうちょう》に喋るなと感心していると、サイファーが肩にかけているショルダーバッグからカードを取り出す。自動人形《ドール》のステータスに相当するもののようだ。

名前：未設定
識別番号：０００９３８
機種：サイファー零参式
レベル：５
生命力：50／50　魔力：30／30

搭載兵器：エレメントカノン　1門
サイドアーム：スタンロッド
特性：浮遊　光学迷彩Ｉ　レコード

主要諸元《スペック》の全てが表示されているわけではないようだが、まず一つ思ったのは俺よりレベルが高いし、なかなか強いということだった。

「イカガデスカ？」

「普通に俺より強いな……小さいボディなのに」

「……チッサクナイ」

「えっ……ま、まあそうか、サイファーってこれくらいのサイズでも大型なのかな」

「……規格《サイズ》トシテハスモールデス」

微妙に会話がずれているような――とにかく、サイファーは小さいとは言われたくないらしい。

そして『サイファー』は人形《ドール》としての一般名で、個別の名前は設定されていないと分かった。今日のところは便宜上、そのままサイファーと呼ぶことにする。

「――ピピッ　警告　モンスター出現ヲ確認」

サイファーが警告する――緊張しつつ前方を見やると、薄暗がりにスッと浮かび上がるように、半透明のゼリーのような物体が見える。

《魔物と遭遇　グリーンバルン：1体》

「バルンって言うのか……でもまあ、スライム……」

言いかけたところで――『グリーンバルン』がプルルッと震え上がるような動きを見せ、そして。

「っ……速っ……!!」

バルンが跳ね回り始める――その不規則な動きに不意をつかれ、軽く腕に触れてしまう。

ヒットしている間だけ、ねばつくような嫌な感覚。この感じは肉体のダメージではない、狙われているのは魔力だ。

魔力：9／13

（ゆうべ『圧縮』を使ったから最大魔力が増えてる――いや、一気に三分の一はまずい……っ！）

生命力を削られない攻撃でも致命的になる――魔力がなければできることの選択肢は大きく狭まるし、おそらく魔力切れでも離脱のスクロールが発動する。

「モンスター捕捉失敗、ターゲットロスト」

「サイファー、見えてないのかっ……!?」

伊賀野先生はサイファーは弱い魔物なら倒せると言っていたが、それはパーティの場合、誰か一人がバルンと接触している間は動きが遅くなるからだろう。しかし俺はもう攻撃は受けられない。

（……だが落ち着いてみれば……問答無用でこうするって手があったな……！）

バルンが俺に飛びかかってくるタイミングは日で追っても見切れそうにない。昨日後ろから猫《リン》に飛びかかられたときと同じく、殺気に意識を集中する。

（……来い！）

《スキル『固定』を発動　対象物の空間座標が固定されます》

ボヨンボヨンという、岩壁や地面を跳ね回る音が止まる。バルンは右後ろの死角から、形状変化して襲いかかってこようとしていた。

「よし、止まってるな……スライム系の魔物にも弱点は色々あるが……」

「マスター、ステータスアプリデ簡易モンスターデータヲ参照クダサイ」

「お……なるほど、そういうこともできるのか」

グリーンバルン　レベル：3
生命力：20／20　魔力：10／10
備考：コアを攻撃すると活動を停止する。

遭遇した魔物のデータが閲覧できる――そうでなければいきなり詰みかねないので、当然といえば当然というべきか。武器攻撃でもコアに届いて運良く倒せるというケースもあるのだろうか。

「サイファー、魔力弾は撃てるか」

「装填口ヨリチャージガ必要デス」

最初からチャージしてあるというほど優しくはないようだ。どれだけ魔力を使えばいいのか――

これもまた感覚でやってみるしかない。

「よし……これで一発分、だよな……っ」

「――ノーマルバレット・発射《ファイア》」

サイファーが搭載した小型カノン砲から光が放たれる――それはグリーンバルンのコアに命中し、ゼリー状の組織が力をなくして液状になる。

「ふぅ……ああ、やっぱり結構消費するな」

魔力：3／13

通常弾一発分で魔力を5ポイント分消費する。これで連条先生から出された魔物を一体倒すというノルマは達成したが、もう魔力による攻撃手段が使えない。

「マスター、ドロップ品デス」

「ん……これ、バルンのコア……うぉっ、重たっ」

野球のボール大のコアは、受け取った瞬間ズッシリとくるほど重ぃ。

コアを攻撃すると壊れるものだと思っていたが、何か違う変化が起きているように見える——というか、これは連条先生が見せてくれた魔石に似ている。

名称：バルンの魔石
備考：グリーンバルンのコアを停止させた際に変化する。使用すると魔力が回復する。
価値：5シルバー

スマホのカメラで撮ってみると、図鑑のデータと照合されて表示された。

「使用すると魔力が回復……そうか、魔力が主食だからか」

そして一個あたりの価値が高い。薬草が一本あたり1シルバーだったのは秋月さんが設定した特別価格だったし、その五倍というのは破格だ。

『バルンの魔石』は『マホロバ草』と違って使用時間帯の制限がないようなので、それで価値が高いのだろうか。もっとも『マホロバ草+9』を利用して『魔力回復小』のオーブを生成してしまえば時間は関係なくなるが。

回復用の道具の持ち込みは自由ということなので、昨日作ったオーブも持ち込んでいるが、上手くやればそれを使わずに済むかもしれない。

とりあえず『バルンの魔石』を使ってみる——右手で持って念じると、じわじわと魔石に含まれる魔力が身体に入ってきて、上限まで回復した。一回しか使えないようで、使った途端にサラサラと崩れてしまう。

魔力：14／14

(魔力をギリギリまで使ったあとに回復すると、やっぱり魔力容量は少しずつ増えるな)

俺の最大魔力が現在14で、魔石一つで全回復する。ノーマルバレットの装填に使う魔力は5ポイントで、確実にコアに攻撃を当てるために必要な『固定』で1ポイント使う。

「……これって、無限にループできるんじゃないか？」

「『無限ループ』ッテコワクネ？」

「いや、そうじゃなくて……って、よくそんな返しができるな」

「ノーマルバレット、魔石、ノーマルバレット、魔石。永久機関ガ完成シマス」

俺が言わんとするところを先回りされた――だがサイファーの言う通りで、もし『バルンの魔石』を確実に手に入れられるとしたら、バルンを二体倒すごとに一個ずつ魔石を増やしていけるということになる。

問題は都合よく『グリーンバルン』がいるのかだ。残り時間には余裕があるものの、出現する数が少なければ狙って狩る意味は薄くなる。

「ピピッ　ピピッ　警告　複数モンスター反応ヲ確認」

岩壁に開いた横穴――もしかして、と思いつつそこを這《は》うようにしてくぐり抜けると、グリーンバルンがそこかしこにいる空間があった。どうやらさっきのバルンもここから出てきていたようだ。

「エレメントカノン、準備万端デス」

サイファーがいてくれなければ、こんな方法は使えなかった。随伴させてくれた伊賀野先生には感謝しなければ。

俺はグリーンバルンに囲まれることのないようにし、二体ずつ引き付けながら、魔石の収集を始める——本当に少しずつではあるが、最大魔力の成長もモチベーションを上げてくれた。

OTHER1　思惑

先行していた騎斗《ナイト》の班に、班員二人に引っ張られるようにして合流した白は、幾つかの違和感を覚えていた。

（……日向の班員の人たち、態度が変わってる。さっきまで日向に寄り添おうとしてたのに、急に……）

「——騎斗様、例のモンスターです」

「ああ、分かってるよ。みんな、ステータスアプリを見てほしい。あそこにいるのは『グリーンバルン』という魔物だ」

「は、はい……私、魔物って戦うのは初めてで……」

「恥ずかしがることじゃないよ、入学後に初戦闘を経験する人は多いそうだから」

怖がっている女子生徒をたしなめたあと、騎斗は白を見て笑って言った。

「七宮さん、ここは僕らに任せてそこで見ててもらえるかな」

それを実質の指示と受け取り、他の女子二人が身構える。その流れに不自然さを感じながらも、白はまだ状況を見ているしかない。

「そ、それでは……行きます……！」

騎斗の班員の二人のうち、一人は『斥候』という職業だった——支給された初心者用のショートソードを構え、グリーンバルンに向かっていく。

「っ……動画で見た通り、速いっ……あぁっ……！」

スライムは攻撃される前に反応し、女子生徒の手にスライムが絡みつく——それでも騎斗は落ち着いている。

「な、騎斗様っ、遊佐《ゆさ》さんがっ……」

「大丈夫。よくやった」

遊佐と呼ばれた女子生徒の腕に絡みついたスライムを、騎斗はグローブをつけた手で鷲掴みにし、引きはがす。そして剣を一閃《いっせん》した。

（あの人……仲間の人を、初めから囮《おとり》にしたの……？）

「……ダンジョンの中では連携が必要だ。今みたいにね。信頼関係が重要だというのは分かってもらえたかな？」

性能的には優れていないはずの武器で、騎斗はスキルを使って魔力を込めた斬撃を放ち、グリーンバルンを倒した。

その姿を見れば、彼のことを認めるしかなくなる——そんな思考が生まれて、白は自問する。

（……何か、思考を捻《ね》じ曲《ま》げられてる感じがする。このままこの人と一緒にいたら……）

「騎斗様……どうしたら騎斗様に信頼してもらえますか？」

「……どんなことでもします……ですから、そのお二人みたいに……」

「いいよ、僕の仲間に加えてあげよう。冴島《さえじま》さんと芹沢《せりざわ》さんだったかな……それに……」

「それより、先に進んだほうがいい」

会話の流れを断ち切るように白は言うと、落ちている石のようなもの——『グリーンバルン』のコアを確認する。

「七宮さんにも、騎斗様の素晴らしさは伝わったはず……自分に素直になった方がいいんじゃない？」

「そうそう、あの荷物持ちの人と仲が良いって話だけど、あんな人と付き合っていたら七宮さんの品格まで……」

「怜美《れみ》、それは良くない。藤原くんには藤原くんの良さがあるはずだからね」

騎斗はコアを調べるために屈《かが》み込んでいる白に近づき、傍らに立つ——しかしその手が肩に触れる前に、白は努めて自然な動きで立ち上がった。

（日向が言うことはいつも模範的に聞こえるけど——何か、違う）

「七宮さん、どうしたの？　騎斗様の仲間になりたくないの？」

「ねー……勿体《もったい》ないよね。七宮さんはランクAなんだから、きっといっぱい騎斗様の力になれるのに」

自分の班員である二人を放っておくことはできない。それでもこの場にいたくないという葛藤が、白の胸を締め付ける。

騎斗が魔物を倒したあとから、空気が変わった。それに気づいていても、騎斗とその配下のように付き添う二人が作る流れを変えられない。

「さて……今くらいの強さの魔物はそのあたりにもいるはずだ。一人ずつ討伐実績を作っておこうか」

「……どうしてそんなにダンジョンに詳しいの？」

「ふふっ……七宮さんって真面目だよね。何年も実習に使われてるダンジョンなんだから、事前に情報を得られるのは不思議じゃないでしょ？」

騎斗に対しての忠誠からくるような言動とは違い、白に対しては怜美の態度が明らかに変わる。

そして白は、騎斗がダンジョンの情報を事前に得ていたのではないかという疑念を、確信に変えざるを得なかった。

「心配しなくても、僕はみんなで目標を達成して無事に外に出たいと思っているよ」

「……みんなに何をしたの？」

「何をしたって、これは自然なことだよ、七宮さん。今ここで不自然がっているのは君だけじゃな

いか」

「っ……」

常に薄く浮かべている騎斗の笑みが、白には別人のもののように見える――そして思い出すのは、最後に視線を交わした少年のことだった。

（……ううん、頑張らなきゃ……こんなところで弱音は駄目）

「さあ、今度は『マッドブラウニー』が見つかったよ。今回は僕ら三人が倒すところを手本として見せよう。その次は君たちに任せるよ」

「「はい、騎斗様」」

自分の班員二人が揃って返事をするのを目にした白は、思わず言葉をなくす。実質上五人と一人に分断され、騎斗に恭順することを強制されているような状況でも、白は唇を噛《か》んで堪える。

（……私はそんなこと言わない……負けたくない）

小人のような魔物が騎斗に飛びかかるが、剣の一振りで薙《な》ぎ払《はら》われる――白はそのときはっきりと自覚する。『騎斗が目の前で魔物を倒すたび』に、何かのスキルが発動していることを。

「次は『魔工師』としての能力を見せてくれないかな。共同で探索しているんだから、メンバーのことは知っておきたい」

「……必要なときには、スキルを使う」

「七宮さんはどうやって魔物を倒すの？　私興味あるなー」

怜美の言葉にも白は取り合わず、次に遭遇した『グリーンバルン』と対峙《たいじ》する。

「……『マジッククラフト』」

白は右手を伸ばし、上に向ける——すると、その手の中に魔力の球体が生じる。

「『アイスボール』」

魔力の球体が冷気を発し始める——それを『グリーンバルン』に打ち込むと、一撃で完全に凍結し、氷塊に閉じ込められる。

「ふ、ふーん、なかなか凄いけど思ったより普通じゃん。魔法使い系みたいな職業？」

「これでランクAって、どうして私より高いの……!?」

「彼女は『こういったこともできる』っていうことだよ。今日で全部とは言わないけど、もう一つくらいはスキルを見せてほしいな」

日向の目的は、白を仲間に引き入れることにあった。勧誘に注意しなければと思っていたのにこの状況まで抗えなかったことを、彼女は重ねて悔やんでいた。

（一人で何とかしなきゃ……そうじゃないと、藤原くんを助けるなんて言えない）

白はずっと自分に向けられ続ける視線を振り切るように、班員が魔物を倒すのをサポートするため、もう一度『アイスボール』を使った。

10　成長

『グリーンバルン』をサイファーとのコンビネーションで仕留めると、やはりコアが確実に魔石に変化する。

《スキル『圧縮』を発動　対象物をチップに変換します》

十体ほど狩る間に、徐々に最大魔力が上がる変化とは別の、身体が熱を持つような感覚があった。

不快というわけではなく、むしろ心地よい。

「マスター、レベルアップシテイマスカ?」

名前：藤原司　15歳　男
学籍番号：01394２
職業：荷物持ち　ランクE
レベル：5
生命力：50／50　魔力：25／25

筋力：20（F）
精神：23（F）
知力：15（F）
敏捷：18（F）
幸運：13（F）
スキル：重量挙げ1　！

「っ……本当だ。レベルが上がってるな」
サイファーに言われた通り、ステータスを見てみるとレベルが2上昇している。全体的に能力値が増えているが、最大魔力は少しずつ伸ばしていた分に加えて、レベルアップによる上昇分が10ほど増えていた。
「そしてこれが『荷物持ち』として覚えたスキルか」

スキル名：重量挙げ1
説明：重量過多で行動阻害が起きる場合、それを数秒間だけ無視できる。

（……『ベック』が最初に覚えたスキルもこれか。なんか、妙な懐かしさがあるな）
これが存在しない記憶というやつか——俺の中ではあの夢はただの夢ではないが、前世のことを全て思い出せるわけじゃなく、こうやって断片的に想起されるくらいだ。

「サイファーって重さはどれくらいある？」

「武装重量ヲ含メテ30キログラムホドデス」

「そうか。もし危ないときは、俺がちょっとだけ担いで逃げられるからな」

「…………」

「ど、どうした？　フリーズしてないか？」

サイファーが返事をしてくれなくて焦ってしまうが、しばらくしてキュイン、とカメラがこちらを向いた。

「自動人形《ドール》ヲ保護スル必要ハアリマセン、ソノ際ハ放棄ヲ推奨シマス」

「俺にとっては完全にパーティの仲間だからな……」

「……ソレは、ただの『お人好し』……デス」

「ん……？　今、ちょっと声が変にならなかったか？」

「ワカリマセン、記憶ニゴザイマセン」

サイファーは『誤魔化す』という行為を理解しているようだ――連条先生が感心していたが、俺も技術の進歩に感心しきりだ。

「マスター、二時ノ方向カラ魔物ガ出現シテイマス」

「そうなんだよな。もしかして、魔物の巣が向こうにあるんじゃないか？」

『グリーンバルン』が出てきているところは行き止まり――に見えたが、どうやら通路に大きな岩があって塞がれているようだ。岩の上の隙間から『グリーンバルン』が出てきたが、それなりの数を倒したせいかあちらからは攻撃してこない。

「『重量挙げ』でもこの岩はさすがに無理だしな……ああ、そうか」

「イカガシマスカ？」

「ちょっとこの岩をどけてみるよ。サイファー、下がっててくれ」

サイファーが俺の後ろに回ったところで、両手を大岩に向けてかざす。そして『圧縮』を発動させた。

《スキル『圧縮』を発動　対象物をチップに変換します》

両手の間にギュッと大岩が圧縮される——俺の背丈の数倍はある岩に通用するのかという懸念はあったが、上手くいった。

《チップの内容：花崗岩《かこうがん》の巨岩塊×1》

大岩の向こうには空洞があり、やはり奥にまだ続いている。

「……こういうこともあるかと思ってたが、そういうことか……サイファー、向こうが見えるか？……サイファー？」

「ハ、ハイ。アレハ『召喚ノ罠』デスネ」

「そう……それが、壁の向こうで勝手に起動して『バルン』が出てきてたんだ。俺、このタイプの罠には覚えがあってさ」

「見タコトガアルノデスカ？」

正確には『ベック』の記憶だが、ダンジョンにおいて『召喚の罠』はつきもので、探索者にとっては危険の塊でもあり、逆にチャンスであったりもする。

『召喚の罠』を何度も発動させて魔物を呼び出し、倒す。魔物を探し歩く必要がないので効率がいいのだが、その方法には一つリスクがあった――『召喚の罠』が常に同じ魔物を呼ぶと安心していると、急に上位個体が出現するというものだ。

（いる……よな。どう見ても『グリーンバルン』じゃないのがいる）

冷たい汗が背中を流れる。まるで倒されたバルンの恨みを体現したような紫色の個体が、召喚の魔法陣の上にいる。

「――判別不能ノ攻撃ヲ検知」

「っ……!?」

サイファーの声が聞こえると同時に、突き飛ばされる――何が起きたのか理解できないうちに、衝撃音とともにサイファーの腕が破壊され、折れて飛んでいく。

衝撃はサイファーの本体にも及び、地面をバウンドしながら転がっていく。

「……マスター……撤退ヲ……スクロール……」

離脱のスクロールは発動しない。班員が危機に陥れば自動的に発動する——それは随伴する自動人形《ドール》には適用されていなかった。

甘く見ていたつもりはなかった。姿が見えると同時に逃げ出さなければならなかったのか——サイファーが俺を庇ってくれなければ、もう終わっていたかもしれない。

紫色の、グリーンバルンの上位体。目も何もないその魔物でも、こちらを狙っていることだけは分かる。

それを受ければ今度こそ離脱のスクロールが発動する。その前に自分で発動させなければならないと分かっていても、俺はそれを選べない。

第三章　ダンジョン実習　予期せぬ試練

1　スキルの対象

サイファーのことを考えれば、離脱のスクロールを使うべきだ。
破壊された腕も本体が壊れていなければ修復はできるはずだ——そう分かっていても。
——藤原くんに助けてもらうだけじゃなくて、私も助ける。
ここで逃げてしまったら、俺は何も変えられない。
紫色の魔物がこちらに向く。向いているのが分かる。
殺気を感じ取り、反応する。止める術はないのかもしれない、それでも——。
「——おぉぉぉぉぉっ!!」
両手を前にかざし、叫んでいた。

殺到する死の気配としか言いようのないものが――目の前で『止まる』。

《スキル『固定』を発動　対象物の空間座標が固定されます》

通常の『固定』よりも魔力が失われるのが分かる。どんな対象物でも一律で消費魔力が固定というわけではない。

「っ……はぁっ、はぁっ……」

触れなくても止められることは分かっていた。しかし『固定』がどれくらいの距離まで届くのかは検証していなかった。

紫色のバルン、そしてそれが放った『攻撃そのもの』が止まっている。召喚の魔法陣が淡い発光を残して消えていくところが見えた。

「……マスター……アリガトウ、ゴザイマス……」

後ろからかすかに声が聞こえる。一気に安堵《あんど》が押し寄せ、俺はその場に膝をつく。

俺は『固定』を物体か生物をその場に固定するというスキルだと思っていた――しかしその『物体』の範囲が、目に見える程度の大きさだという思い込みがあった。

見えなかった攻撃は、なんらかの粒子で構成されている。それが『固定』されることで、形が見えるようになっていた――巨大で禍々《まがまが》しい姿をした、透明な槍《やり》。それがサイファーの腕を破壊した攻撃の正体だった。

「……こんなのから守ってくれたのか。凄いよ、お前は」

「……ゼヒモナシ……デス」

こういうときに使う言葉として合っているのか分からないが、サイファーは無事を示すように、自力でふわりと浮き上がった。

「マスター……コレハ『魔法』ナノデスカ？」

「魔物の特殊攻撃だとしか言いようがないけど……魔力を使っているなら、魔法の一種とは言えるのかな」

射線を外れて固定を解除すれば、そのまま何もないところに飛んでいくだけなのだろうか――と考えたところで。

（……もしかして、いけるのか？）

俺は空中に固定された透明な槍の横に回り、右手をかざす――そして。

《スキル『圧縮』を発動　対象物をチップに変換します》

「……本当に、とんでもないな」

ぐっと手を握ると『紫色のバルンの特殊攻撃』が圧縮される――握りしめた右手の中にはチップが三枚生成されていた。

《チップの内容：ヴォイドブラスト×3》

（ヴォイド……無とかそういう意味か？　ていうか、一発に見えて三発分も攻撃してきてたのか……スライムの上位種、凶悪すぎるだろ）

「……ソレハ元ニ戻セルノデスカ？」

「『圧縮』だから『復元』もできるよ。敵の攻撃そのものを圧縮できるなんて知らなかったから、復元してどうなるかは分からないけど」

「魔石ト同様ニ、コチラハ魔力ノ塊ト認識シテイマス」

「へえ……ああ、そうだ。紫色のバルンもさっきのやり方で倒しておくか」

「カシコマリマシタ」

紫色のバルンに近づき、核を撃ち抜く――このモンスターは簡易データも登録されておらず、名前すら分からないが、便宜上『パープルバルン』としておく。

そして『パープルバルン』のコアもまた、魔石に変化する――虹色の綺麗な石だが、やはりそのままだとかなり重い。

名称：リバイブストーン
備考：魔物の体内で生成されることのある魔石の一種。
価値：時価

「リバイブ……『蘇生《そせい》』？　さすがに死者蘇生とかじゃないよな……」

「希少ナ石ト見受ケラレマス」

『リバイブストーン』をチップに変換してしまっておく。時価というと高価そうだと思ってしまうが、何か特殊な効果があるのならそちらの方が重要ではある。

「オメデトウゴザイマス、マスター」

「ありがとう。ここで結構時間を使ったな……そろそろ脱出に意識を向けよう」

「ハイ。現在、合計3班離脱シテイマス。スクロール退場デス」

「っ……そんなにか。分かるのなら聞きたいんだが、七宮さんのいる班は残ってるか？」

「ナナミヤ　シロ様デスネ。ハイ、残ッテイマス」

日向たちがどんな方針かは知らないが、すぐ外に脱出するのではなく、ダンジョン内で評価点を積むようなことをしている可能性はある。

（……今みたいな召喚の罠を、腕に自信がある人が見つけたら。日向はそんなリスクは取らないか……いや、俺はあいつのことをそこまで知らない）

「ピピッ　他生徒ノ接近ヲ確認」

「え……みんな別の方向に行ってるんだよな？」

サイファーは答えない。いい予感はしないが、俺はバルンのいた横穴から出て元の場所に戻る――すると。

「うぉっ……クソがっ、こいつ触れただけでやたらとダルくっ……」

「ちょっ、斧で一撃じゃなかったのかよ！　役に立たねっ……うぁぁっ！」

「こんなん矢が当たるわけねえだろ……っ、おぶぃ！」

なぜこちらに来ているのか分からないが、鹿山たち三人は『グリーンバルン』に翻弄されていた。

近くの物陰に隠れただけでも全く気づかれていない。

三人とも魔法が使えないことで決定打がない――そうこうしているうちに小さな人型の違う魔物がやってきて、凶悪なことに吹き矢を構えた。

「いでっ……お、おい待て……なんか眠く……」

「どこ行ったんだよ荷物持ちは、あいつが離脱してなかったら俺らが最下位……っ、ひぎぃっ！」

「ケツに矢突き刺さってやんの……ダッセぇ……無念……」

（……なんだったんだ一体）

離脱のスクロールが発動して鹿山班の姿が消える。『グリーンバルン』と人型の魔物――『マッドブラウニー』と表示されている――は、俺が出てきても攻撃を仕かけてはこなかった。

「マスター、魔物ニモ一目置カレテイマスネ」

「さっきの上位個体を倒したからかな……」

どのみち進んでもすぐに行き止まりになっていたので、俺は分かれ道のところまで戻る――ここで最後に小さく七宮さんたちの後ろ姿が見えたのが最後なので、彼女たちはかなり先まで行っているだろう。

気になって追いかけてきたのかと笑われてもいい。万が一を想像して不安になるより、行動するべきだ――今はそう思うようになっていた。

2　対峙

日向たちの後を追う前に、一つ気がかりがある――サイファーの腕だ。

「日向班ノ痕跡ヲ探査《サーチ》シナガラ移動シマス」

「ああ、それはお願いしたいけど……その前に、腕を応急処置しようか」

「研究所《ラボ》ニテ修復可能デスガ……アッ……」

サイファーが自分で持っている腕を渡してもらう。折れた部分の断面は少し歪んではいるが、関節部分が破壊されたわけではないので、そのままくっつけることはできそうだ。

俺の『固定』は空間座標を固定するということなので、サイファーの腕を繋いだままで固定することができるのかどうか――やってみるしかない。

「俺のスキルで腕を繋いだままにできるか試してみる。サイファーはどう思う？」

「……マスターノ仰セデアレバ、オ願イイタシマス」

「分かった。じゃあ、じっとしててくれ」

サイファーの腕が繋がった状態で固定されている姿をイメージする――すると。

《スキル『固定』を発動　対象物の接続状態が固定されます》

「よし……っ、腕は繋がったけど、大丈夫そうかな？」

対象物二つを接続する形での『固定』もできる——サイファーは自分の腕を動かし、そしてカメラで確認している。

「魔力神経ノ接続ガ回復シテイマス。断面同士ガ上手ク一致シタヨウデス」

「それは良かった。でも、同じ箇所にダメージを受けると脆《もろ》いかもしれない……あくまで応急処置だな」

「ハイ、気ヲツケマス」

さっきは迷いなく俺を庇おうとしたのに、そんなことを言われても——何というか、今日だけで随分サイファーに愛着が湧いてしまった。

「……マスター、ソノスキルハ『空間魔法』ナノデショウカ」

「はは……よく言われるけど、自分でも分からないんだよな。『荷物持ち』でこんなスキルが使えるのは変かもしれないけど、俺の中では矛盾はないんだ」

「『荷物持チ』ニ必要トサレル能力ダカラ、トイウコトデスネ」

「そうだな。それにしてもサイファーって受け答えが流暢だよな……声が電子音声じゃなかったら、ほとんど人間と変わらないんじゃないか？」

サイファーのカメラはキュインキュイン、と動いているが、何も答えない――時々こういう反応をすることがあるので、それもさらに人間味を増していた。

「ピピッ　戦闘ノ痕跡ヲ発見」

「……ここで『グリーンバルン』を倒したのか。他の魔物も倒したみたいだな」

「凍結シタ『グリーンバルン』ヲ発見シマシタ」

真っ二つに割られたようなコアの破片――これは日向が聖騎士の剣技で斬ったのだろうか。そして、氷漬けになった『グリーンバルン』。これはおそらく魔法系の技によるものだろう。

（……ん？）

『グリーンバルン』の後ろにある石の下に、紙のようなものが挟まっている。

手に取ってみると『藤原くんへ』とだけ書かれていた。紙の下にはケースに入ったサーチ眼鏡が置いてある。

これを見つけるのが必ず俺である保証はなかったが、それでも俺が見つけられた。サーチ眼鏡をかけてスイッチを入れると、レンズに付近のマップが映し出される。

「目的地が分かった。ここからは迷わずに行けそうだ」

「ソノ魔道具ハ、ドノヨウナモノデスカ？」

「登録したものが光って見えるようになるんだけど、マップ機能もあったみたいだな。七宮さんのいる位置も……」

マップ上の七宮さんの位置を示す光点は、ずっと止まったままになっている。

ダンジョン内を探索しているとしたらもっと動き回っているものではないのか。今、どんな状況なのか——今は考えるより足を動かす。

高低差のある洞窟内ではやみくもに進むと体力を奪われるが、なるべく最短経路を探し、負担を減らして進んでいく。自分より大きなバックパックを背負って進んでいた前世と比べたら、今の俺はステータスが低くともとにかく身軽だ。

やがてマップ上の光点までもう少しで辿り着くというところで、進行方向から剣戟《けんげき》のような音が聞こえてくる。

「ピピッ　他班ノ交戦ヲ感知シマシタ」

日向班——遠目にも彼らだと分かる。日向の仲間の二人が攻撃を仕かけたあと、とどめを日向が持っていく。

「——はぁっ！」

彼らが交戦しているのは、全身にぼろきれを纏った人型の魔物だった。日向の持つ剣は魔力の輝きを放っていて、魔物の首を一撃で飛ばす。

ゴロゴロと転がって、途中で燃え上がるようにして消える。その光景を、少し離れたところから見ている三人——そのうちの一人が七宮さんだった。

「……おや。驚いたな、もうここまで来られたのか」

日向の後ろ、足元の床が赤く輝いている——あれは、召喚の罠。

「藤原くん……っ」

「え、藤原って……ああ、荷物持ちの。なんでいんの？」

「別の方向に行くって決めたよね。ランクEってそんな仕事もできない……」

まるで日向の側近のように両脇を固めている女子が、日向が手を上げると口を噤《つぐ》む。

「まあ、七宮さんと君は知り合いみたいだからね。気になってこっちに来たというのは分かるよ。でも、いい機会だ……君に言っておきたいことがある」

「……俺に何か？」

「七宮さんの職業は魔工師……僕と同じランクAだ。二年時にはランキングが上の生徒からクラスに割り振られる。それを視野に入れると、この一年で可能な限り評価点を稼ぐ必要があるんだ。優秀なメンバー同士で組むことでね」

今まで日向が見せていた姿は、彼の一面に過ぎなかった。

周囲の信頼を得るように振る舞いながら、その内側は野心に満ちている。俺が日向に覚えていた違和感の原因がそこにある——日向は公の場では演技をしている。

今は俺たちだけしかいない。自分の信奉者である女子たちが見ている前では、俺に対して優しい自分を演じる必要もなくなったのだろう。

「率直に言おう。ランクEの君には相応の場所がある。それが七宮さんの近くじゃないのは——」

「それは日向には関係ない。藤原くんの仲間としてふさわしくなりたいのは、私の方だから」

七宮さんが日向の言葉を遮る。日向はかすかに目を見開く——それでも、元のように薄く微笑みを浮かべる。

「このダンジョンに入る前に、僕は準備をしてきた……そして藤原くんが来るまでにも、僕らはここでレベルを上げた。七宮さんたちの班には見学していてもらったけれど、彼女たちにも僕らの実力は分かったはずだ」

「騎斗様のレベルは15……藤原、あんたのレベルは？」

「それは聞いちゃ可哀想でしょ、ただ自動人形《ドール》と一緒に必死でついてきただけなんだから」

確かに日向のレベルは高い。状況的に召喚の罠を利用してレベルを上げたのだろう――俺も条件さえ整えば、実行する可能性がある選択だ。

「……その罠を、どれくらい使ったんだ？」

「おや……教室での君とは態度が違うね」

「俺は俺で、変わってはいないよ……それはいい。召喚の罠にはリスクがあると、連条先生も言ってたはずだ」

「回数か……百回は使っただろうね。別に構わないだろう？　回復薬は持ち込んでいるし、パターン化すれば怪我《けが》もしない。上位ランカーもチャンスがあれば同じことをやってるはずさ」

「そうかもしれないな。でも俺は、その罠が危険だということを知ってる」

「……だから？　僕に指図できると思うなよ」

日向の口調が変わった――だが、その方が俺にはいっそ清々《すがすが》しく思える。

「……そうだ。それならお互い新入生同士、公正な条件で競おうじゃないか。ルールは単純、どちらの評価点が高いかで勝敗を決める。勝ったほうが七宮さんを勧誘する」

「私は……っ」

「君に拒否権はない。君が『七宮』であるなら、本来クラスで最も優秀な人間と組む義務がある」

「騎斗様、『そのこと』に触れるのは……っ、きゃっ！」

「僕を咎めるな。お前たちをここまで生かしたのは誰だと思ってる？　日向という家だ……所有物は所有物らしくしていろ」

日向が側近の一人に手を上げる――いくら家の事情が絡んでくるとしても、到底見過ごせない。

「力で言うことを聞かせようっていうのは、子供の考えだ」

ピクッ、と日向が目を引きつらせる――挑発は得策じゃないが、今回の人生においては、俺はこういう相手を見過ごすつもりはない。

3　ジョーカー

「……藤原くん、君は日向家のことをよく知らないようだが、僕からすると君のことは下賤《げせん》と言わざるを得ないんだ」

「口を出すなって言いたいのは分かるよ。俺は部外者だから」

「物分かりが良くて助かるよ。じゃあ、僕と勝負をしてくれるね？」

日向が勝つと決まっている勝負を――そう言いたいのだろう。

評価点をすでに相当稼いでいる日向は、このままでも順当に行けば俺に勝てると思っているはずだ。

「勝負というのも変な話か。君は何もできずに、僕が魔物を狩るところを見ているだけだ――起動しろ、『召喚の罠』」

俺に力の差を見せつけるためだけに、日向はそれを選んでしまった。

「……騎斗様……っ、何か、魔法陣の色が……」

「何度も繰り返してきただろう？　今さら怖気《おじけ》づくとは、つくづく君には……」

「――召喚トラップノ異常反応ヲ検知　速ヤカニ離脱シテクダサイ」

サイファーの警告。日向の後方にある魔法陣が、赤から紫のような色に変化し――おぞましい悲鳴のような音と共に、黒い液体がゴボゴボと湧き上がる。

「『バンシー』風情がっ……！」

騎斗が振り返りざまに剣を繰り出す。魔力で覆われたその斬撃は、先程は魔物の首を一撃で刎《は》ねていた――しかし。

怨《オン》、と。

辺り一帯を包むような、邪悪そのものの気を放ちながら現れたそれは――二つの指だけで騎斗の剣を止めていた。

「正体不明ノ、魔物ガ、出現……ッ」

「あ……あぁ……」

「な、何なの……今までと違う、こんな話聞いてない……っ！」

騎斗の側近二人が恐慌に陥る。サイファーの音声は途切れて聞こえる——自動人形《ドール》であっても恐怖を感じているかのように。

それは紫色の服を着て、アルカイックスマイルの仮面をつけた、道化師《ピエロ》のような姿をしていた。

背中には巨大な鎌を背負っている——まるで死神のように。

「ぐ……は、放せ……っ、うぁぁ……放せと言って……っ」

「剣を離して逃げろ、日向っ！」

「……この僕がっ……敗《ま》けるなど、許されるわけが……！」

仮面のピエロは、自分よりも背丈のある日向の剣を片手の指二本で止めている——そう、左手一本だけで。

自由になった右手は残像も残さずに繰り出され、騎斗の胸を貫いた。

「うぐぁぁぁぁぁぁあっ、や、やめろ……持っていくな、それは僕のものだ……っ、僕の……ぁぁぁぁぁっ!!」

日向の身体から、ピエロの右腕を通じて何かが吸い取られていく。その光景を見て俺は思い出す——前世において、最も忌み嫌われた魔物の攻撃。

（エナジードレイン、なのか……？）

生命力、魔力、何もかもが日向から奪われていく——剣が纏っていた魔力も消える。

人間が何年もかけて積む研鑽《けんさん》を奪い取り、時に命をも奪うその攻撃を使う魔物とは、可能な限り交戦を避けるべきだと言われていた。

誰も動くことができない。レベル15の『聖騎士』がなす術もなく倒された相手に、できることなど何もない――だが。

「――止まれ……！」

《スキル『固定』を発動　対象物の空間座標が固定されます》

『パープルバルン』と対峙したことで、俺はスキルの効果範囲が想定していたより広いと知った――この距離ならあのピエロに届く。

「がはっ……ぁ……に、逃げるわけに……君の助けなど……っ」

ピエロが止まっているうちに走り、『重量挙げ』の効果で日向を拾いながら駆け抜ける――そして離脱の魔法陣の上で下ろす。

「二人とも、日向を連れて外に出るんだ！」

「で、でもっ……」

「いいから行ってくれ、殺されるぞ！」

「っ……は、はいっ……」

女子の一人が離脱の魔法陣を起動させ、日向班の姿が消える。七宮さんたちの班は三人とも、魔法陣にすぐに入れる位置にいない――教師もこの場に間に合わないなら、時間を稼がなくてはならない。

「――藤原くんっ！」

『固定』を使っている以上、ピエロは動くことはできない――そのはずだった。

その期待が甘いものでしかないと、七宮さんの警告が教えてくれる。振り返ると、すぐそこにピエロの姿があった。

(動かれた……『固定』の効果が永続しない……！)

「――発射《ファイア》！」

ピエロの身体がかすかに振動する――ノーマルバレット一発では効果はなく、それでも一瞬の隙が生じる。

「『復元』……っ！」

もう一度ピエロに対して『固定』を発動させ、『花崗岩の巨岩塊』のチップをその頭上に投げ、復元する――巨大な岩がピエロの頭上に落ち、衝撃とともに轟音《ごうおん》が響く。

「きゃぁっ……！」

「い、一体何なの……っ、これもあの魔物がやってるの……!?」

「二人とも走って、離脱の魔法陣まで……っ、早くっ！」

三人の中で七宮さんだけが、この状況を理解してくれている――いつも声を荒げることのない彼女が、班員を助けようと声を張っている。

(こんな岩だけでどれくらい時間が稼げるか……いや、駄目だ。こいつを放置したら、ここに来た

生徒は全員殺される）

――おっさん、迷宮で他のパーティを見ても助けようなんて思うなよ。

――みんな覚悟して来てるんだから、他人が助けようなんてその方が傲慢なのよ。

リュードとアンゼリカの二人はそう言っていた。それでも俺は他人を助けようとして重傷を負ったことがあった。

――私はベックさんみたいな人がいてくれて良かったと思うんです。こんなに荒《すさ》んだ世界であっても。

ソフィアは俺を肯定した。それは彼女が、全ての人に慈愛を与える寺院の人間だったということもあるだろう。

どこまで行っても答えはない。

ただ俺は、何度同じ状況になったとしても、きっと同じ選択をする。

「藤原くん、戦っちゃ駄目！　逃げてっ……!!」

死ぬつもりはない。まだやりたいことが沢山ある――そんなフラグを立てたら、生きられるものも生きられないか。

「サイファー、絶対に生き残るぞ……！」

「――了解、シマシタ」

後ろに控えていたサイファーに近づき、自分の残魔力を確認する。

魔力：54／65

（かなり成長してる……『パープルバルン』を倒したときの経験が大きかったんだな）

それでも全く十分とはいえない。だが――この残り魔力を、全て注《つ》ぎ込んでサイファーの『エレメントカノン』で発射する。

「――魔力チャージ開始　レベル1……2……3……」

大岩に何百という格子状の光の筋が走る。一瞬で切り裂かれて爆散した岩の中から、無傷でピエロが姿を現すと同時に。

「――撃てっ!!」

「レベル10　ハイパーバレット・発射《ファイア》」

ノーマルバレット十発分の魔力が込められた一撃――ハイパーバレット。

閃光《せんこう》とともにピエロに命中する瞬間に、何かが見えた。

「……そんな……」

「も、もう駄目っ……嫌ぁぁっ……！」

ピエロは背負った鎌を、いつの間にか右手に構えていた。その身体を薄い膜のようなものが包んでいる——それは魔力による攻撃を防ぐ障壁。

けたたましい笑い声とともに、ピエロは瞬きのうちに俺の眼前まで移動する。

七宮さんが呼んでいる。全ての動きが遅く見える——振り払われる鎌を『固定』で止めるが、それでも動いたピエロの右腕が俺に向かって伸びてくる。エナジードレイン。

生命力：3／60　魔力：0／55

目の前が暗くなる。これ以上奪われれば死ぬと本能が理解する。

だが——攻撃《ドレイン》を繰り出すとき。ピエロは、障壁を展開しない。

魔力がなければ『復元』は使えない。それならば『回復』すればいい——。

魔力：30／45

ガリッ、と口の中に仕込んでおいた『オーブ』を噛む。『魔力回復小』で十分だ——この切り札を使うためには。

「……『復元』……！」

《ヴォイドブラスト×３を発動》

もしこれを防がれれば完全に終わる。だからこそ、俺はピエロの防御手段を確認した。

そして――ピエロは障壁以外の緊急防御手段を持ってはいなかった。

「ッ……ガッ……ァ……」

サイファーの腕を破壊した不可視の一撃が、三方向からピエロの身体に突き刺さる。

しかし、仮面の目に宿っていた光が消える前に。

ピエロの右手がもう一度動いた。わずかに残っていた俺の生命を奪い去るために。

４　邂逅

――この感覚には覚えがある。

『ベック』だった俺が死んだときに、俺は現世と神界の間――中二階と言われていた場所に招かれた。

今は『藤原司』として、その場所に行こうとしているのだろうか。

『まったく……要望に応えて言ってあげますよ。バカじゃないですか？　いいえ、バカですね。確定的に明らかです』

そう言われても俺は答えられない。

声は聞こえるが、声の主には近づけない――それどころか、遠のいていく。

『あなたが転生者だと自覚してから、一つでも違う行動をしていたらどうなっていたことか……いえ、運命はもう少し柔軟なものですが。それでも危なっかしくて仕方ないですね』

それは――そうかもしれない。与えられたスキルがなければ、もっと早々に詰む局面があった。猫《リン》を捕獲できずにやられていた可能性さえある。大岩を『圧縮』していなければ、パープルバルンと戦わなければ、魔力回復オーブを持ち込まなければ。あの死神のようなピエロに一矢報いることはできなかった。

『刺し違えてでも……っていうのはあまり感心できません。自己犠牲じゃないって言ったって、周りはそう受け取らないんです』

反論ができないのをいいことに、声の主――おそらく俺を転生させた女神だろう――は、好きなことを言い続ける。

だが、俺はこんなときに、彼女に怒られてもおかしくないことを考えていた。

『……本当に見ていてくれたのかって？　そんなことで嘘をついてどうするんですか。私は見ていることしかできませんし、助けたりはしていませんけど』

神による地上への干渉――『ベック』の世界では実際に起こりうることだと言われていたが、この現世では原則として不可能なようだ。

『まあ……もう時間切れなので、いちおう正直な感想は言っておきますけど。言えるときも限られていますしね』

ずっと怒っているようだった女神の態度が変わり、その姿が見える。前に見たときと同じ姿のまま――白いエルフがとても不満そうな顔で、裏腹なことを言う。

『今のところ、期待通りではありますね。あまりかの子にうつつを抜かしちゃだめですよ……と言っても無理ですよね。それはもう、そちらの世界でいうところの青春ですから』

神なのに似つかわしくないことを言う――と、言い返すこともできずに。

女神の気配がさらに遠のく。戻っていく――今、俺の魂があるべきところへと。

◆◇◆

身体が揺れている。そして、柔らかいものが口に触れる――それを何度か繰り返されるうちに、ドクン、と心臓が跳ねる。

「っ……がはっ……」

「藤原くんっ……良かった、生きてる……息してる……」

朦朧とした視界。誰かが俺を覗き込んでいる――俺がいるのは、洞窟の中。地面に仰向けに寝かされている。

「……あいつ……あの、ピエロは……」

「藤原くんにもう一度何かしようとしたから……私と、あの子で……」

「同時ニ、攻撃ヲ仕掛ケマシタ。デスガ、マスター自身ニヨル攻撃デ、敵ノ機能ハ止マッテイマシタ」

七宮さんとサイファーが、ピエロの攻撃を妨害してくれた——顔を右に向けると、ピエロが膝をつき、天を仰ぐようにして止まっているのが見える。

「……倒せたのか……良かった。七宮さん、無事……」

「っ……！」

全て言い終える前に、七宮さんが覆いかぶさってくる。顔に物凄く柔らかいものが押し付けられている——そんなことより、泣かせてしまった。

「……心臓、止まってて……もう駄目かと思った……本当に良かった……っ」

「ごめん、心配かけて……俺が生きてられるのは、七宮さんのおかげだ」

「そんなの……私の方こそ……私は、藤原くんがいたから……っ」

血流が滞って麻痺《まひ》していた身体に、少しずつ感覚が戻ってくる。先に動くようになった右手だけで、俺は七宮さんの肩に触れる。

華奢な肩が小さく震えている。確かに感じる熱が、今は安堵に変わる。

「マスター、回復薬ヲ使用シマス」

薬草から抽出したカプセルタイプの薬を飲ませてもらう——前世のポーションは苦酸っぱいものもあったりして大変だったが、カプセルなら飲み込みやすい。

嚥下《えんか》すると、じわじわと身体が熱くなる——生命力が回復しているのが分かる。

「サイファー……俺のステータスを、確認させてくれ……」

「カシコマリマシタ」

生命力などがどれくらい残っているのかを確認するだけのつもりが――ステータスアプリの表示は目を疑うようなものだった。

レベル：18
生命力：30／180　魔力：27／135
筋力：106（D）
精神：68（E）
知力：63（E）
敏捷：108（D）
幸運：52（E）
スキル：重量挙げ2　健脚　縄術　！

俺もエナジードレインで力を吸われたはず――それを取り戻した以上にレベルが上がっている。

筋力と敏捷の上がり幅が大きいのは『重量挙げ』が成長したこと、『健脚』を得たことによる副次的効果だろう。

ピエロを倒したことで多くの経験を得られたということなのか。それほどの強敵によく勝てたものだ――『ヴォイドブラスト』は効果を発現して消失してしまったが、今後のことを考えると、強力な攻撃をチップに変換してストックしておく必要がある。

「……な、七宮さん……」

「んっ……ご、ごめんなさい……っ」

胸に埋もれたままで喋ろうとしたのがいけなかった――七宮さんがビクッと反応して起き上がる。

「人前で泣いたことないのに……恥ずかしい」

彼女はそう言うが、クールに見えて情に厚い人だと思う。自分では自覚がないのかもしれない。

「……コホン。モウスグ、先生方ガ到着シマス」

「あ、ああ、そうか……七宮さんの班の人たちは……」

「……気を失ってる。あんなに強い魔物だったから、仕方ない」

七宮さんが倒れている女子二人のスカートを気にして、めくれているところを直す――と、見ているわけにもいかず、俺は動かなくなったピエロを調べることにする。

《――捕獲条件を満たしました》

（っ……!?）

膝をついたままのピエロが、地面に溶け込むようにして消える――その後には、小さな宝石のようなものが幾つか残されていた。

「……今まで見た魔石とは違うみたいだけど、何だろう」

「データバンク照合　コチラハ『スキル結晶』ノヨウデス。スキル習得ニ使用シマス」

「そんなものがあるのか……」

この結晶のことも気になるが、『捕獲条件を満たした』というのは、何のことなのか。ピエロは消えてしまった——だが、直近で戦った魔物のことなら、あのピエロしかいない。

（……あんな怪物を捕獲できるとは思えないが……万一捕獲できてたとしても、どこに行ったか分からなければ意味がないよな）

「……先生たちが来る」

「な、七宮さん……大丈夫、一人で……」

一人で立てると言おうとしたが、七宮さんは俺を支えようとする——この距離だとまた胸が普通に当たってしまう。

「私は元気だから平気。藤原くんは、怪我人」

回復薬を使ったとはいえ、まだ全身の倦怠感《けんたい》はある。吸われた力を取り返せても、一度はエナジードレインを受けたのだから無理もない。

「ナナミヤ様、体温ガ急速ニ上昇シテイマスガ……」

「……それは気のせい。この自動人形《ドール》、小さくて可愛いのにちょっとお喋り」

「ナナミヤ様ハ物静カデイラッシャイマスネ。バストガ大キイ割ニ」

「ばっ……」

七宮さんが言葉を失ってしまう。サイファーにそういう発言は駄目だと言いたいが、それすらはばかられるものがある。

いずれにせよ、絶体絶命のピンチを切り抜けることはできたのだから、今はお互いの無事を喜ぶ――顔を赤くして困惑している七宮さんだが、俺が見ていることに気づくと、仕方ない自動人形《ドール》だというように笑ってくれた。

5　脱出

ダンジョン内で見回りをしていた先生二人は、まだ残っている生徒たちの保護に回ることになり、俺たちは脱出するようにと言われた。

転移が終わると、ダンジョンの入り口近くにある魔法陣の上に出た――迷宮内の魔法陣を使うと一方通行でこの魔法陣に転移できるようだ。

「っ……無事だったか……足立《あだち》先生、真藤《しんどう》先生とは合流できたか？」

連条先生がこちらに駆け寄ってくる。先に出てきた日向班から、状況はある程度聞いているのだろう。

「先生たちは生徒の誘導をしてくれています。あんな魔物が出てきたら自由探索というわけにはいかないので……」

「そうか……お前たちも無事で良かった。『聖騎士』の日向でも歯が立たない相手だ、逃げられただけでも幸いと思うべきだろう」

「っ……先生……」

「……ピピッ」

「(七宮さん、サイファー、大丈夫だ)」

あのピエロを俺たちが倒したというのを、連条先生に言うべきか――ここは言葉を選んだ方がいいだろう。

「先生、あの魔物については俺たちが対処しました。よほどのことがなければしばらくは出てこない……と思います」

「そ、そうか……良くやってくれた。何かしらの方法で撤退させたのか……しかしこの初心者ダンジョンはしばらくは……」

「それも大丈夫だと思います。別のダンジョンで実習できるなら、それでもいいと思いますが」

「……分かった、検討しておく。藤原、報告に感謝する」

連条先生が深く頭を下げる――俺の名前については名簿で確認してから言ってくれたが。明確に評価が変わったと前向きにとらえておく。

「日向の班員が、魔物は『召喚の罠』から出てきたと言ったが。日向は罠を利用したのか」

「はい。連条先生が言う通り、召喚の罠は危険なものでした」

事前に警告していた連条先生に非はない――だが、それでも責任を感じているのか、彼は悔いるように目頭を押さえる。

「……日向は無事なんですか？」

「ああ、しかし危険な状態だった。今は学園内の病院に入っている……班員の生徒二人もパニックに陥っていたため、病院で治療を受けさせることになった」

「教えてくれてありがとうございます」

「藤原、お前も少し顔色が悪いようだが……」

「いえ、俺は大丈夫です。七宮さん、班の人たちは大丈夫かな」

「……さっきから起きてる」

「っ……そ、それならそうと言ってくれれば……二人とも、大丈夫？」

七宮さんに言われて振り返ると、女子二人が不安そうな表情をして立っていた。なるべく安心させようと心がけるが、女子の一人は泣き出してしまう。

「ふぅっ……ひぐっ……わ、私たち、あんなに藤原くんのことをばかにしてたのに……助けてもらう資格なんて……っ」

「あ、ああいや……俺は気にしてないよ。無事で良かったっていうことで……だから、泣かなくていいよ」

「……ありがとう……ごめんなさいっ、うぐっ……」

どうも女の子に泣かれるのは弱い——よくも侮ってくれた、という気持ちもそこまでではないし、今後普通に接してくれたらそれでいい。

先に脱出した他の生徒は——と見てみると、日向たちが病院に運ばれるところを見たからか、何が起きたのかとこちらを見ている。

「っ……お、おい、鹿山、やべえって……っ」

「あ、あいつ……対処したって言ったよな……日向が負けるような魔物を……」

「や、やばい……俺死んだ……荷物持ちくんとか散々言っちゃって、七宮さんナンパして……はは、あははは……」

ガラの悪い三人組については、もうケンカを売ってくることはなさそうだ。長倉についてはちょっと壊れた感じで笑っている——逆に心配になるが、自業自得といえばそうだ。

「……どうする？」

「ま、まあ……いいんじゃないかな。十分懲りてるみたいだし」

「あの人たちは藤原くんにちゃんと謝るべき……許せない」

俺よりも七宮さんの方が怒ってくれている——それを申し訳ないと思いながら、三人にケジメをつけさせることも必要かと考える。

6　一時の別れ

「う、うわっ、来た……っ」

「ご、ごめんごめん、もう何もしない、何も言わねえっ……」

「に、荷物持ち様……じゃない、藤原様っ、ご勘弁をっ……」

「変な呼び方はしなくていいから、普通にしてくれると助かるな」

三人とも座り込んだままじりじりと後退《あとずさ》りしている——腰が抜けてしまっているようだ。

三人をどうこうするつもりはないのだが、今後も絡まれるよりは、ここでお灸《きゅう》を据えておくのもいいかもしれない。

「まあ今後もケンカを売ってくるようなら、その時は買うつもりだけど」

「「「ひぃぃっ……!!」」」

ずっと笑っていた長倉はついに気絶してしまった。俺は鹿山と猪里の肩に手を置き、それでこの場は良しとしようと思ったのだが——周囲のクラスメイトからの視線に気づいてハッとする。

(まずい……ちょっと引かせちゃったか)

「……大丈夫だと思う。みんな、凄いと思ってるだけ」

「そ、そうかな?」

「ハイ、私モナナミヤ様ト同ジ意見デス」

俺としてはこの二人——一人と一体と言うべきか。七宮さんとサイファーがいてくれるなら、他の人から距離を置かれても気にはならない。

「あ、あの……っ」

そう割り切ろうとしたのだが、七宮さんの班の泣いている子ではないほうの人が、後ろから声をかけてくる。

「……助けてくれてありがとう。私、気を失ってほとんど覚えてないけど……藤原くんが助けようとしてくれたのは、覚えてるから」

「あ、ああ……俺も必死だっただけだよ」

「ううん、藤原くんがいなかったらこうしてられなかったと思うから……ごめんなさい、ばかにしちゃってて……」

日向の親衛隊というような感じだった二人――泣いている冴島さんと、今話している芹沢さん。

この二人が七宮さんを班に誘ったのは、おそらく日向の意向もあってだろう。何か忠告くらいはすべきかと思うが、ここまで態度が変わってしまうとそれも必要はなさそうだ。

「困ったときはお互い様、っていうことで……連条先生、今日はもう解散ですか？」

「あ、ああ。私は生徒が全員出てくるのを待つが、もう出てきた者は順次解散になるな」

「ありがとうございます。七宮さん、行こうか」

「うん」

七宮さんはまた俺のことを支えようとしてくれるが、クラスメイトの前ということもあって自重してくれたようだ――しかしこの建物から出た瞬間に掴まれそうだ。

「……なんか、器が違うっていうか……凄すぎねぇ？」

「職業のランクって、絶対じゃないんだな……『荷物持ち』やべえよ」

「同級生なのに、全然経験値が違うっていうか……藤原くんの落ち着いた感じ、安心するよね……」

「や、やめときなよ、七宮さんにはかなわないって」

「七宮さんって藤原のこと……あいつあのおっぱいを自由にできるのか……う、羨ましい……」

話が普通に聞こえてくるが――さすがに評価が裏返りすぎじゃないだろうか。やましい方向に考えが向いている男子には自重してもらいたい。

「……藤原くんが褒められてて、よかった」

「ま、まあそれは……くっ、七宮さん、俺はもう大丈夫だから……っ」

「だめ」

予想通りに七宮さんが寄り添ってくる――さっき生死の境をさまよったというのに、こんなことをしていていいんだろうか。しかしいい匂いがして、頭が回らなくなってくる。

「マスター、私ハソロソロ帰還シナクテハナリマセン」

「っ……そ、そうか。腕を修理してもらわないとな……今日は本当にありがとう」

いったん七宮さんに離れてもらって、俺はその場に片膝をつき、サイファーと目線の高さを合わせる。

「またサイファーと一緒に探索がしたいな」

「……私モデス。デハ、ソノヨウニ報告イタシマス」

「……この子、照れてるみたいに見える」

「シロ様ハ一言余計デス。フフッ……ソレデハ、マタデス」

サイファーが立ち去る前に笑った――ように見えた。電子音声で笑ったような声を出すことはできるのだろうが、それにしても驚きだ。

（さっきナナミヤ様じゃなくて、シロ様って……サイファーの七宮さんに対する距離感って、なんというか不思議だな）

「……あの子のメンテナンス、私もできるかもしれない」

「そうか、魔工師だから……ああそうだ、七宮さん、サーチ眼鏡を置いておいてくれてありがとう。おかげで迷わなかったよ」

「うん……藤原くんなら気づいてくれると思って。来てくれると思ってたから、怖くなかった」

「そ、そっか……それは良かった」

気の利いたことなんて何も言えないが——七宮さんは無事で、こうして笑ってくれている。今はそれでいい。

「……藤原くんが気になるなら、普通に歩いた方がいい？」

そして自分から遠慮して、七宮さんは俺を支えるのは控えてくれたが——そうされると逆に寂しくなるという葛藤に、数分ほど悩むことになるのだった。

7　車中

実習のあとは自由行動で、帰宅してもいいし部活などに参加してもいいことになっている——いちおう教室に顔を出してみると、伊賀野先生の姿があった。

「伊賀野先生、実習が終わりました。日向のことは……」

「は、はい、聞いてます。日向くんが重傷と……それに、藤原くんのことについても連条先生から報告を受けました」

「日向が魔物と戦うときに、俺たちも近くにいたんです。それで……」

「魔物に対処してくれたそうですね。本当にありがとうございます……本当に……」

伊賀野先生は憔悴《しょうすい》しきっている——彼女の日向に対する態度を考えたら、期待していた生徒が負傷したことでショックを受けるのは分かる。

(日向が受けた攻撃はエナジードレインだ……俺のようにレベルが戻っていればいいが、そうでなければ……)

「……ランクEの職業だからと、私はあなたのことを枠にはめて見てしまっていました。藤原くんには、仲間を助けられる勇気があるのに……ごめんなさい、私は教師失格ですね」

「そんなこと言わないでください、先生。俺が対処できたのは偶然が重なってのことですし」

「……藤原くん」

「今日は予測していないことがありましたが、ダンジョンはそういうものだと思います。それを乗り越えてこそ、探索者として鍛えられると思いますし」

まるで経験者みたいなことを言ってしまっている——どちらかというと『ベック』の視点で話してしまっているが、先生を励ますことができているだろうか。

伊賀野先生はメガネを外して涙を拭くと、もう一度かけ直す。どうやら少し落ち着いたようだ。

「……藤原くんの学園ランキングは、今回のことですごく上がるでしょう。私の現役のときよりも上になるかも……そうなったら、私はあなたに教えられることが……」

「そんなことないです、教わりたいことが沢山あります。俺のランキングもどうなるか分からないですし」

「……そう言ってくれるのなら。藤原くん、専門授業で私の授業を受けるときは、じっくり時間を取らせてくださいね」

「あ、ありがとうございます……」

「七宮さんも、怪我などなくて良かったです。藤原くんとは、同じ寮だったんですね……先生、ゆうべ名簿を見ていてびっくりしました」

「……はい。今からも一緒に帰ります」

七宮さんは律儀に返事をする――なぜか伊賀野先生の方が顔が赤くなっている。

「男女で同じ寮というのは、本当は特例なんですけど……きっと、何か事情があるんですね」

確かにずっと気になっていることだが、秋月さんからそのうち詳しく聞けるだろうか。

「先生は後で日向くんのお見舞いに行くんですが、その前に藤原くんたちを寮まで送っていきますね。坂道は大変だと思いますし」

先生が協力的になってくれたのはとても助かる。状況が好転するばかりで、微妙に不安になってくるほどだ――それはさすがに考えすぎか。

伊賀野先生に車を出してもらって、七宮さんは助手席に乗るかと思ったのだが、彼女は俺と一緒に後部座席に乗り込んだ。

「それでは静波荘までゆっくりしていてくださいね」

「はい、お願いします」

セダンタイプの車が走り出す。上りの道に入っても特に苦労している感じはしない——サスペンションがいいのか揺れも少なく、だんだん眠くなってくる。

「……っ、ごめん」

寝落ちしかけて七宮さんのほうに傾いてしまう——するとそのまま引き寄せられて、頭が膝の上に乗せられる。

「(な、七宮さん……っ)」

運転中の先生は気づいていない——七宮さんを見上げると、すごく嬉しそうな顔をしている。恥ずかしいのか、真っ赤にはなっているが。

「(そのまま寝ちゃってもいい)」

「(そ、それは……)」

頭を支える弾力——華奢なのに、柔らかい太ももがしっかり受け止めてくれている。

「(……重かったら、すぐに……)」

「(重くない。ちょうどいいくらい)」

「自然が豊かですよね、この裏山は……あっ、今たぬきが通りましたよ」

「そ、そうなんですか……それは凄いですね……」

伊賀野先生に答えないわけにもいかないが、七宮さんは解放してくれる気配がない――これはもしかしなくても、さっきのダンジョンでのことを経て、心境の変化があったということか。

（そういえば……意識が戻るときに、七宮さんが何かしてくれてたような……）

「……？」

思わず唇に視線が行きかけてしまう。まさか人工呼吸をしてくれていたとか、そんなことはあったとしたら、一体どうなってしまうのか。

「そろそろ見えてきましたよ。秋月さんが寮監をされているんですよね、彼女は私の後輩なんですよ。成績とかは全然差があって、彼女の方が……」

伊賀野先生が興味深い話をしてくれている――しかし七宮さんが頭を撫《な》でてくれているので起きられない。

（カオスすぎる……でも気持ちいいカオスだ……）

やがて車は速度を緩めて止まる――伊賀野先生が気づく前に、ぎりぎりのところで七宮さんは俺を放してくれる。

そして今のことは内緒というように、彼女は口に人差し指を立てる。七宮さんが楽しそうで何よりなのだが、ちょっと俺に甘くしすぎなのではないだろうか。

「では、私は学園に戻りますね。また何かあったら呼んでください、これは私の電話番号です」

先生が『電話一つで呼び出せる女』になってしまった――というのはもちろん冗談だが、まだ他の生徒が帰ってきていないのなら、七宮さんと二人きりでこの寮にいるのもどうなのだろう。

「……いったん自分の部屋に戻るから、後でまた集合でいい？」

「え……集合って？」

「リビングでゆっくりする」

ただでさえ七宮さんの攻勢（？）が激しいのに、まだ一緒にいたいというのはもう、そういうことなのでは――と、勘違いしてはいけない。

自室に戻り、一旦頭を切り替える。今日のところは引き上げてきたが、ダンジョンで起きたことについては気になっていることが幾つもある――一つは、あんな異常な魔物が出てくるような罠が複数存在していたこと。そして離脱が働かなかったこと。ピエロがどこに消えたのかなどだ。

（……あの場に残って調べられることはもうなかった。連条先生も何も知らなそうだったし……伊賀野先生に、話が聞けそうな人を紹介してもらえるかな）

サイファーが言っていた研究所《ラボ》も可能なら行ってみたいところではある。おそらくサイファーはより多彩な機能を搭載できるだろうし、もはや欠かせない相棒だと思っている。

パーティの補助メンバーとしてではなく、自分が主導して目的を追う。探索者として俺はどこまで行けるのか――そう考えるだけで、熱のような疼きを感じていた。

SIDE2・1　第一リスナー

初めは、全然気乗りはしませんでした。

随伴用自動人形。ドールと呼ばれているけど、それは探索者を補助するために作られたものです。簡単な命令を聞いて攻撃したり、回復薬を使ったりっていうことができます。機種によっては鍵を開けたり、初歩的な魔法を使ったりもできます。

完全に機械で作ることもできますが、特別な職業の『人形遣い』――ドールマスターの人が制作過程に関わると、自動人形をより精密に、臨機応変にすることができます。

私はその選ばれた職業の『ドールマスター』なので、超凄いです。でも小さい頃から身体が弱いので、空気がきれいなところから出られません。

そんな超凄い私だから、ドールの開発に六歳から参加しているわけなのでした。今は十二歳なので、もうベテランですね。

最新型の『零参式』シリーズには、今までより進化した人工知能が搭載される予定になっています。そのテストケースとして、私が教育した人工知能が使われることになりました。

でも『サイファー零参式』の試験機一体にしか載せるつもりはありません。自分が育てた子に愛着が出ちゃったんですね。この子をコピーするとか、それは魂の複製と言わざるをえません――って、めんどくさいって言われそうですね。

そんな特別なタイプの零参式が、今回テストに出されることになりました。学園の一年生についていってほしいというのが今回のテストケースです。

カメラチェックで最初に映ったのは、ちょっとおどおどしている男の子でした。私より年上ですけどね、私は超凄いので年齢とか関係ありません。

白さんがいるクラスと聞いていたので、ついていけたらいいかなと思ってましたが、私は班決めで一人だけ残ってしまった人と組むことになりました。

「あはは、このお兄さん、めっちゃ雑魚じゃないですかー。おもしろーい」

VRの画面を通して見たお兄さんの職業を検索してみたら、数は少ないけど後方サポートしかできないのでランクEとされていました。

藤原司というその人の名前を、私はこのテストが終わったら忘れちゃうんじゃないかなと思いました。

『今日はよろしくな』

『ハイ、マスター』

個別の名前はまだつけられないので『サイファー』と呼びますが、この子はまだ猫をかぶっているなと思いました。私が育てたAIなので、私に似た性格をしてるんです。

それにしても、何だか『違う』と思ってはいました。ドールの視点に入ってテストに参加することはこれまでにもありましたが、お兄さんは『よろしく』と言ってくれました。これ、地味に初めてのことだったんです。

それですごくいい人なのかな、いい人は早死にするって言うけどと思っていたら、ダンジョンに入ってしばらくして、デリカシーのない発言が飛んできました。

『普通に俺より強いな……小さいボディなのに』

「は？」と言いそうになりました。私――じゃなくてサイファーのステータスを見せた直後にこれですよ？　お兄さんより強いんですよ？　小さいとか関係なくないですか？

さすがにムカッとしたので、私は自分で喋ってしまいました。ドールマスターだからできることなんですけど、離れてても音声入力ができちゃうんです。

『……チッサクナイ』

『えっ……』

お兄さんは何かごにょごにょ言ってましたけど、驚いた顔してて少しだけスッキリしました。

ほんとは喋っちゃだめなので、私はあまり入れ込まないようにしようと思いました。

あくまでテストなので、データを取らないといけないんです。お兄さんは気づきませんでしたけど、『光学迷彩』と『レコード』は姿を隠してデータを取るための機能なんですね。それを特性の項目に表示しているわけなのでした。

「(……あ。魔物出てきちゃった……どうしよう。お兄さん勝てるかな？)」

サイファーの『ノーマルバレット』で十分倒せるくらいの雑魚モンだと思っていたんですけど、スピードが速すぎてターゲットできなくて、手動に切り替えちゃおうかとも思いました。ＦＰＳは得意なので、当てる自信はあったんです。

でも――私がFPS用のマウスを握る前に、サイファーのカメラは信じられないものを収めていました。はい、衝撃映像です。

「(敵が止まってる……録画ミス?)」

サイファーのカメラに映った『グリーンバルン』は、お兄さんを後ろから攻撃しようとしたところで止まっていました。時間停止ものって実在するって本当ですか? まだ十二歳なので自重した方がいいですね。

それでどうやら、これはお兄さんがスキルでやったことみたいと分かりました。

気がつくと胸がドキドキしていました。一分間の脈拍が一定の数を超えると専属の看護師さんが来ちゃうので、ほんとはドキドキしちゃ駄目なんですよ。危険域《レッドライン》を超える前の、何とかイエローでいてくれたので良かったんですけど。

「ざ、雑魚のくせにやるじゃないですかー。私を緊張させるなんて生意気だぞー?」

誰も聞いてないのに一人で怒ったりもしましたが、もうそのときには引き込まれてしまっていたんだと思います。『荷物持ち』の頼りなさそうなマスターが見せてくれる、目が離せないような世界に。

8　結成

リビングに出てくると、しばらくして七宮さんがやってきた。お茶を淹《い》れてくれるというので、淹れ方を見学させてもらう。

「……座っててもいいのに」

「七宮さん、何ていうか淹れるの慣れてるね」

「お作法で習っただけ。でも、役に立った」

日向が言っていたことを思い出す──「君が七宮であるなら」という言葉。

確か日向のことを『三大名家』と言っているクラスメイトがいた。その日向が七宮さんを勧誘しようとしていたのは、七宮さんの家のことに関係があるのだろうか。

リビングのテーブルに移動し、俺たちはソファに座る。七宮さんは隣に座って、俺が紅茶を飲むところを見ていた。

「……どう？」

「うわ、美味しい。紅茶がこんなに美味しいと思ったのは初めてだよ」

「コーヒーも淹れられる。硯先輩がなんでも飲んでいいって言ってた」

七宮さんは秋月さんのことを下の名前で呼ぶ──そして『先輩』ということは。

「七宮さんって、秋月さんとは前から知り合いなのかな」

「……そう。家の付き合いがあるから」

「家の付き合い……それって幼馴染み？」

「ううん、時々集まりのときに話したりっていうくらい。硯先輩は、よく声をかけてくれてた」

あの人懐っこい感じだと、七宮さんにも積極的に話しかけそうではある。

「……どうしたの？」

「二人が昔どんな感じだったのかって、ちょっと想像したんだ」

「……身長が、中学生のときに伸びたから。それより前は、内緒」

七宮さんがスマホに入れてある写真を見せてくれる――秋月さんが制服を着ていて、今より少しあどけない七宮さんと一緒に写っていた。

「……じっくり見すぎ」

「あ……ご、ごめん。つい見入っちゃって」

「硯先輩のことはあまり見ちゃだめ。昔から……だから」

昔からというのは――と聞かなくても、写真を見ればわかる。七宮さんの肩に手を回して自撮りをしているが、二人とも胸が大きいので密度が凄いことになっている。

（……この時の七宮さんって中学生……いや、考えないでおこう）

「……あっ」

何か気づいたように七宮さんが足元を見る。すると、猫のリンがすり寄っていた。

「飼い主の魔力をもらえば、お腹は空かないみたい。全然食べないわけじゃないみたいだけど」

「じゃあ俺からも魔力をあげたほうがいいのかな」

「うん。藤原くんは、猫は好き？」

「動物は何でも好きかな」

「……私は猫が一番好き」

そう言って七宮さんはリンを抱っこする――猫だから許されるとはいえ、七宮さんの胸を前足で踏み踏みしている。

「……可愛い。藤原くんがいなかったら飼えてなかった」

「ま、まあめぐり合わせっていうことで……他の人たちは、猫を飼うのはどう思ってるのかな」

「二年生の先輩はいるけど、三年生の先輩たちは『ダンジョン合宿』に行ってる」

「ダンジョン合宿……そういうのもあるのか」

「私もよく知らないけど、三年になったら行けると思う」

七宮さんは紅茶のカップに口をつける――軽く髪をかき上げる仕草に思わず見とれてしまう。

「……一緒に行きたい。それまで仲良くできてるといい」

「えっ……い、いや、俺としては、土下座をしてでも関係を維持できればと……」

「こうやって時々ゆっくりできてたら、大丈夫だと思う」

勝手に焦る俺だが、七宮さんの中ではゆっくり時間が流れているようだ。俺も彼女みたいに穏やかになれればと思う。

そんなことを考えていると、不意に七宮さんが真剣な瞳を向けてくる。

「今日みたいなことがあったときに、藤原くんを守れるようになりたい。三年生までずっと」

「……ありがとう。じゃあ、力を合わせていけたらいいな」

どちらが守られるとか、守るとかじゃない。

一緒にダンジョンに挑んでいく。それが意味することは——。

「私を、藤原くんの仲間にしてくれますか？」

正式なやりとりは確かにしていなかった。七宮さんのそんな律儀さが好ましくてならない。

「こちらこそ。俺と一緒に、パーティを組もう」

乾杯の代わりに、紅茶を口にする。リンが不思議そうに見上げていたので、俺たちは顔を見合わせて笑いあった。

9　暴君

秋月さんは帰ってくるのが遅くなると連絡があり、俺たちはいったん自室に戻った。

昨日よりも早い時間だが、もう風呂に入ってしまおうかと考える——今日は二重三重のチェックをして、昨日のような接近遭遇《エンカウント》は避けたい。

（よし……入浴中のプレートは出てないな。そして俺がプレートをかけるぞ）

確認に確認を重ねる。一度目も仕方ないとは言えないし、二度目ならばなおさら罪深い。もっとも樫野先輩が不用意と言えなくもないのだが、それを言ったら俺はこの寮にいられなくなる気がする。

サッと身体を洗い、お湯に浸《つ》かる時間もさほど取らずに出てくる。本当はゆっくり浸かりたいのだが、とりあえず無事に入浴を終えたという成功体験が欲しい――。

そんな俺の願いは、浴室から脱衣所に出るところで儚《はかな》くも砕け散った。

「――ひゃんっ！」

「うわっ……！」

何も分からない、理解不能。突っ込んできたのは裸の女性で、なんとかこちらも転倒せずに受け止められた。

むにゅっ、と身体の前半分全てに柔らかいものが当たる。どうやらここで俺は死ぬらしい――生き延びたすぐ後に、なんていう不運だ。

「あいたた……はー、私としたことが蹴つまずくなんて……」

何も喋れない――胸板に柔らかいものが二つ当たっている。肩に手が触れてしまっているが、それもまた接触なので速やかに離れなくてはならない。

「……あれ？　阿古耶じゃないの？　さらしがないのに、胸が……」

もう謝るしかない――それで全てが終わってしまうとしても。

「すみません、俺……昨日から入寮した、藤原です」

「……えっ？　ちょ、ちょっと冗談でしょ。それってあんた、男ってこと？」

「は、はい……おそらく、生物学的には……」

「ふ、ふーん……そう。まあいいわ、助けてくれたみたいだし？　ちょっといい？」

俺から離れると、すたすたと樫野先輩は風呂場に入っていき、からからと扉を閉めた。

「……おっぱい見られた……全部見られた……っ、あぁぁぁっ、死にたいっ……！」

すりガラスの向こうで悶絶《もんぜつ》している樫野先輩——いや、見ていてはいけない。

後でひたすら謝るしかない。そしてそれで許されることがないだろうというのも分かっていた——『入浴中』でも入ってくる先輩が悪い、というのは勿論なのだが、その理屈が通る人という気もしない。

◆◇◆

その後秋月さんが帰ってきて、彼女が食事を作ってくれている間、俺がどうしているかというと——。

「私は家ではメガネ派なの。お風呂に入るときはメガネは持っていかないの。入浴中って出てたのは認めるとしてもね、あの時間にお風呂入ってるあんたも悪いのよ。だから、追放裁判は保留にしてあげる」

「あ、ありがとうございます……」

「オットマンがしゃべるな」

樫野先輩の気持ちを静めるために、俺は彼女の要望通り、オットマンになっていた。一般的に言う足置きというやつだ。

ソファに座って俺の背中に足を置いている樫野先輩——なぜ俺が一方的に悪者になっているのかと思うが、先輩に落ち着いてもらうためなので仕方がない。

「あーあ、今日は後で配信するつもりだったのに。学年ランキングで一位取るためには、コツコツ投稿するのが大事なんだから」

「瑛里沙、そろそろ後輩くんを解放してあげないか。彼にトラウマが残ったらどうするんだ」

「えー、そんなことないでしょ、嬉しそうだし。ほら、私に踏まれて気持ちいいでしょ？　気持ちいいって言いなさいよ」

「ま、まあ……ツボには効いてるみたいですが……」

こういうのは転生前にやってもらった方が嬉しかった——と、つい考えてしまう。荷物持ちのおっさんが疲労したところで、誰も顧みてはくれないのが普通だったが。

「へー、結構従順じゃない。でもね、あんたくらいじゃ私の配信には出せないから。裏方として使ってあげてもいいけどねー」

好き放題言ってくれる——しかしさっきから配信と言っているが、樫野先輩のことをよくよく見ると、昨日見たS《スクール》チャンネルで彼女の動画がランクインしていたことを思い出す。

「あ、ななみーはそのうち一緒に出てほしいな。もうルックス完璧だし、阿古耶って女の子らしい

格好してくれないから、そういう子が欲しかったのよね」

「……藤原くんから足をどけてほしい」

「あっ……ご、ごめんなさい。あんたもねー、素直に置かれてるんじゃないわよ。プライドはないのプライドは」

（七宮さんには弱くて、俺には強い……まあ裸を見てしまったから仕方ないのか。それにしても理不尽なような……）

俺の入寮に納得していない一人が樫野先輩だったということを考えれば、即追放にならなかったのは僥倖《ぎょうこう》かもしれないが――それにしても踏んだり蹴ったりで、すっかり疲労してしまった。

メガネを外すと見えないというのはどうしようもないので、今度からは風呂のスケジュールを厳密に決めることになった。俺の順番は最後で固定になりそうだったが、そこは阿古耶先輩と七宮さんが助けてくれた――味方がいてくれるというのは素晴らしい。

「あんたがお風呂入ったあとに私が入るなんて……はー、お、お風呂で変なこととかしないでよね」

「し、しません。というか変なことってなんですか」

「っ……そ、そうやって誘導しようとしても無駄なんだから。放送事故とか起きないように日頃から発言には気をつけてるし。簡単におっぱいとか言わないし？」

今まさに言ってる、とよほど言いたくなったが、天城先輩の方が恥ずかしそうにしている。何というか、二人の関係性が見えてきた。

樫野先輩は少し隙が多い人なのだと思うと、いくらか溜飲《りゅういん》を下げることができた――だからといって、足を置いてきた相手を好きになれそうもないのだが。

SIDE2・2　深化

サイファーのカメラは――私の視線は、司お兄さんの一挙手一投足から離せなくなっていました。

「えっ、ちょっ、ええええ……ふぇぇ～っ！」

大きな岩を自分の手の中にギュッと縮めるところは、思わず声が出てました。音声入力しないように意識すれば喋ってもいいんですけど、誰かにこの興奮を伝えたくて仕方なくて、でも誰もいないので一人でバタバタしていました。

『……こういうこともあるかと思ってたが、そういうことか……』

もうお兄さんが何を言ってもカッコいいって思っている自分がいました。こういうセリフっていつもは思わせぶりだなあって思うんですけど、「どういうことなの!?　気になる!!」ってなっちゃうんです。

私はお兄さんのファンになっちゃったんです、たった二つのスキルを見ただけで。

『サイファー、向こうが見えるか？　……サイファー？』

『ハ、ハイ。アレハ「召喚ノ罠」デスネ』

お兄さんをもっとサポートするためにっていうことにして、私はサイファーの操作をセミオートに切り替えていました。

『――判別不能ノ攻撃ヲ検知』

「(っ……!?)」

それは私じゃなくて、サイファーが自動的に出したメッセージでした。

ドールには『自身を守らなければならない』っていう原則があって、オート操作だと他の人の盾になったりはできないんです。

それなのに、私は自分でサイファーを操作して、お兄さんを突き飛ばしてしまいました。ものすごい衝撃があって、カメラが揺れて――警告音《アラート》がいっぱい鳴って、サイファーの右腕が折れてしまって。

『……マスター……撤退ヲ……スクロール……』

それもサイファーの自動音声でした。私は声が出なくて、身体ががくがく震えて、そこから逃げずにいるだけしかできません。

もう、ギリギリセーフじゃありませんでした。脈拍がアウトな数になってしまって、部屋の中のナース呼び出し音も鳴ってます。

「……逃げて……っ、お兄さん……っ！」

カメラには、お兄さんが攻撃された方向に向いて、私を――サイファーを守ろうとしてくれているのが映っていました。

お兄さんが死んじゃう、って思ったとき、私は意識が遠のくのが分かりました。

もし元気になれたら探索者になりたいなって思っていました。ドールから見るダンジョンは、私にとってはゲームと同じで、とても楽しかったから。

でも、やっぱりゲームなんかじゃありませんでした。私は甘いことを考えてたんだって、今までドールに同行してくれた人たちも命がけだったんだって、そんなことに今さら気づいたんです。

こんなことが起きたら、もうドールのテストはさせてもらえないかもしれない。

それはお兄さんのことがもう見られないということだと思うと、本当に辛くて――でも。

涙でかすんだゴーグル型ディスプレイに、今までよりもっとすごいものが映っていました。

紫色のスライム――バルンの見えなかった攻撃が、見えるようになっていて。

お兄さんはそれをまた、ぎゅっと圧縮して、小さなコインみたいなものに変えてしまったんです。

「……凄い……この人、本当に凄い」

名前を覚えておく必要なんてないって思っていました。そんな自分が、本当に恥ずかしくて仕方なかったです。

サイファーのスピーカーは接続が悪くなっていて、自動修復中でした。それでも私は、どうしても自分で言いたくて、声を出していました。

『……マスター……アリガトウ、ゴザイマス……』

スピーカーから出る声は、すごく途切れてかすれていました。でも幸いそこまで損傷は酷《ひど》くなくて、すぐに動くことができました。

腕は折れちゃったけど、お兄さんの力になれたのかもしれないと思うと、また涙が出そうになりました。

もうテストなんかじゃなくて、私はお兄さんの仲間として、ダンジョンに入っている気持ちでした。

SIDE2・3　拡散

「……酷い……」

お兄さんが白さんたちを見つけて、日向という人が話すことを聞きながら、私は胸が悪くなりそうでした。

白さんのことを私は全部は知らないですが、優秀な職業を持つ人同士は同じコミュニティに所属する必要があるとか、結婚についても推奨されるとか、そういう話があったりします。

名家同士での許嫁《いいなずけ》とか、ダンジョンがこの世界にできてからそういう慣習が復活したっていうことみたいです。私にも関係がないわけじゃないですが、正直言って時代錯誤じゃないかなと思います。

そして日向さんは、評価点を取ることを考えすぎてしまっていました。

白さんの気持ちを考えずに行動していた日向さんは、白さんからは拒絶されて――あの仮面をつけた魔物の攻撃を受けてしまいました。

『藤原くん、戦っちゃ駄目！　逃げてっ……!!』

悲鳴みたいな声でした。私も白さんと気持ちは同じでした。

あんなに強い化け物がここに出るのはおかしいです。おかしいことに、立ち向かったって仕方ない——戦うなんて無理、そう思ったのに。

『サイファー、絶対に生き残るぞ……！』

『——了解、シマシタ』

返事をしたのは私じゃなく、ＡＩのほうでした。

私より、私が育てたＡＩのほうが勇敢でした。でもそれで、目が覚めたんだと思います。

激しい戦闘のあと、お兄さんが最後に攻撃されてしまうその前に——私は白さんと一緒に、仮面の魔物に向かって攻撃することができました。

無我夢中でした。看護師さんが部屋の中にいて心配そうに見ていることにも、全部が終わるまで私は気づきませんでした。

◆◇◆

カメラに映っていたものを、私は看護師の瀬能《せのう》さんにも見てもらいました。

この人は私にとってお姉ちゃんみたいな人で、私の悪巧み——というと聞こえは悪いですけど――に付き合ってくれる、悪友みたいな人でもあります。

「……どうですか、凄くないですか？」

「……ちょっと漏らしそうになっちゃいましたよ。なんですこれ、映画？　ホラー映画の怪人みたいなの出てきましたし、最後とか、ヒロインがヒーローに人工呼吸とか……」

「はわっ……そ、それは仕方ないです、本当に危険だったので、白さんも必死だったんですから。えと、漏れちゃったんですか？」

「ううん、気持ち的な問題です。濡《ぬ》れちゃいそう……って佐那《さな》ちゃんに言っちゃだめですね」

「……真面目に見てくれてますか？」

「大真面目ですよ、そこは心配ナッシングです。でもこれ、最後ちょっと気になったのが、どうして藤《フジ》くんは『対処』なんて言い方をしたんですかね？」

それは私も気になっていました。該当の場面までもう一度戻して、どんな言い方だったのかを確かめます。

『先生、あの魔物については俺たちが対処しました』

お兄さんは、瀬能さんが言う『怪人』を確かにやっつけていました。紫色のバルンが使った攻撃を圧縮したものを使って、怪人に大きなダメージを与えられていたんです。

そのあと、怪人は消えてしまった。お兄さんもそれは見ていたはずなのに、『対処』なんて言い方をしたので、先生は魔物が逃げていったんだというように思っていました。

「……『荷物持ち』だから、倒したって言っても信用されないと思ったとか、そういうことなんですかねえ」

「っ……そんなの……っ」

「……佐那ちゃん？」

そんなのは駄目、って思いました。思った瞬間に脈拍が速まって、一瞬警告音が鳴っちゃうくらいでした。

お兄さんがしたことは『対処』なんて言葉では正しく伝わりません。日向さんが倒せなかった魔物を『どうにかした』という曖昧なだけで終わったら――そう思うだけで、やるせない気持ちでいっぱいになりました。

「彼はサイファー……佐那ちゃんが撮影したこの動画のことを知らないんですよね。入学したばかりだと、動画が功績を証明するために使われるってことも知らないのでは？」

「それは……そう、かもしれないです」

「Sチャンネルはアップロードから二時間以内には自動審査してくれますし、それで藤くんの評価は確定すると思いますよ。何もしないでいたら、『ボスモンスター級を討伐した』じゃなくて『魔物を追い払った』という評価になってしまうんじゃないかと思います」

お兄さんに迷惑をかけるのは駄目。

でも、どうしてもお兄さんのしたことを皆に知ってほしい。お兄さんは『対処』でいいと思っているから、それを変えてほしいなんて言えない――勝手にしたら嫌われてしまうかもしれない、それでも。

司お兄さんのしたことが評価されないでいるのは、どうしても嫌。

そんなのは全部、私の我儘《わがまま》で。痛い信者《ファン》になってしまっているとしても、もう、止められない。

「やっちゃいます？　編集は前のドール搭載カメラ動画よりちょっと盛る感じで。Sチャンネルも結構演出入ってる動画多いですよね、実際に起きたことを加工しちゃってアウトになる子もいますけど、私はそんなヘマはしないですよ」

「……瀬能さんが私の友達で、本当に良かったです」

「えっ、友達ですか？　私は佐那ちゃんのこと親友だと思ってるんですけどねえ。へっへっへっ……さーて、腕が鳴りますわね。レッドの警告が鳴っちゃったぶん、ここからは安静にお願いしますよ」

瀬能さんはベッドサイドのテーブルにノートパソコンを置いて、私にも見えるようにしながら編集を始めてくれました。あくまで趣味の範囲ですね、なんて謙遜しているけど、彼女は趣味の一つひとつに手を抜きません。

「……この救命シーンは、プライバシー保護しないと駄目ですよね」

「っ……そ、それはそうです、二人にも申し訳ないですし」

「佐那ちゃん、顔真っ赤になってますよ。やっぱり恋しちゃうと変わるんですね、まだ小学生なのにませちゃって」

「ああっ……からかわないでください、心拍数上がっちゃうじゃないですかー」

「Sチャンでも大丈夫な範囲の動画タイトルってこんなですかね。ほんとはもっと盛りたいですけどね」

「瀬能さん、どれくらいでできそうですか？」

「これくらいの編集なら、二時間でいけますねー。研究所のＰＣはスペック盛り盛りですからねえ、もうサクサクですよ」

このときの私は、まだよく分かっていませんでした。

お兄さんが凄いということは分かっていても、まだその凄さがどれくらいなのか、見誤っていたんです。

私はその日のうちにＳチャンネルに動画を投稿しようとして、一つミスをしてしまいました。

以前からドール搭載カメラの動画を投稿していて、十万人の登録者さんがいる自分のアカウントに、お兄さんの動画を間違えて一時間だけ公開してしまったんです。

『初級学園ダンジョンに超級モンスター出現！　一年生ルーキーによる単独討伐！』

一見してなんてことのない、埋もれてしまいそうなその動画は。

私のフォロワーさんによる拡散から始まって、国内・海外の大手探索者さんに見つかり。

朝になるまでには、七桁の再生数に達して――私はまだ仮眠している瀬能さんを、慌ててナースコールで起こすことになるのでした。

第四章　代理投稿でいつの間にかバズってしまった件

1　バズの反響

【探索者育成校　全国ランキング2位　沖縄校　当真《とうま》佑乃《ゆうの》】

――先日アップされた動画が話題になっていますが、凄い新人が出てきましたね。

「毎年これはっていう人は出てきますけど、今回の人は今までにないタイプですね。マークしてる学校ではあったんですけど、全然予想してなかった方向から出てきたので、驚いてもいます。最初は弟が動画のことを教えてくれたんですけど、すぐ見られなくなっちゃったんですよね。転載動画もすぐ再生数が伸びちゃって、もう探索者界隈《かいわい》の「大トピックと言っていいですね」

――三大名家ではなく、無名の一年生と言われていますが。

「名前は特定できてないんですか？　なかなか情報が出てこないんですけど、どこの学校かは分かってますからね。ちょっと今度遠征に行って来ようかと思って、スケジュール調整してます」

——『黒の塔』の攻略大会にも彼が出てくるかと思われますが。

「彼、であってますよね？　ちょっと動画だと見にくくなっていたので。あの映像、他の女の子も出てくるんですけど、彼女も良かったですね。動画のタイトルでルーキーとあったので新入生だと思うんですけど、信頼しあってるのが伝わってきました。これからもっといいパーティになると思いますよ。大会では先輩として、高い壁になれたらなって思ってはいるんですけど……正直言って震えてますね（笑）」

——詳細不明のスキルについてはどうお考えですか。

「あの色違いのバルンと戦うときに使ってたのは……時空魔法も、空間魔法も使える人って限られてますし、職業もそれに対応するもののはずなんですよね。だから推測になっちゃいますけど、彼は幾つかのスキルを組み合わせて効果を出してるか、魔道具を利用してるんじゃないかなって思ってます。これも会ったら聞くつもりなので、覚悟しておいてほしいです（笑）」

――ありがとうございました。では、近日開催予定の新曲リリースパーティについてコメントをお願いします。

「あ、もうそっちに行っちゃうんですね（笑）。学校のほうも凄く忙しいんですけど、ファンのみなさんの期待は裏切れないのでボイトレとダンス頑張ってます。早くみなさんに会いたいです！　最新で一番の私を見せたいので、会場でお待ちしてます ね」

【探索者世界ランキング3位　前年度ダンジョンアタック動画再生数1位　デービッド・ランドルフ】

「やあ、兄弟たち。ブラッド・キャニオン五十階層アタックは、僕の動画史上最速での一千万再生を達成したよ！　本当にありがとう、最高の気分だ」

・おめでとう！　兄貴の躍進は今年も止まらないな。
・デービッド兄貴、あの動画のトリックは分かったかい？
・あれは何かのショーだよ。よくできたマジックだろう。
・あんなに立て続けに未知のスケアリー・モンスターが出てくるなんて、僕らの知ってるダンジョンじゃない。

「ああ、先日取り上げた動画だね。それなんだけど、僕はあの動画にトリックはないと思っているよ。ただ言えることは、あの動画に出ている少年がとんでもない不運《ハードラック》の持ち主か、その逆だろうということなんだ」

・デービッド兄貴は日本のスポンサーに魂を売ってしまったようだ。
・俺は兄貴の言うことを信じるよ！
・デービッドさん、あの動画のスキルを分析するって話は？

「彼のスキルだけど……うーん、これがまだ僕にも良く分からない。探索者に会った数ではそうそう負けないだろうと思うけれど、あんなエフェクトを持つものは見たことがないんだ。無理矢理にでも既存のスキルに当てはめるなら、まず動きを止めるものは重力魔法。これだと彼がジョーカーに向けて隕石《いんせき》を落とすシーンも説明がつく」

・あの岩はいきなり現れていたから、あれこそイリュージョンだよ。
・ファック、メテオスキルじゃなかったのか。
・メテオスウォームはＲＰＧだととても強い魔法だよね。

「あの紫色のバルンとピエロのような魔物……たぶん悪魔族だと思うんだけど、ピエロの方を探索者協会は『ジョーカー』と呼ぶことにした。トランプのジョーカーみたいな姿をしているからね。あの大きさの岩を一撃で破壊するモンスター、あんな怪物は間違いなく僕でも苦戦を強いられるだろう。彼は戦術《タクティクス》も一流だ。若いのに自分のポテンシャルを最大限に引き出しているよね」

・兄貴が早口になって推しのことを語っているぞ。
・ジョーカーを倒したビームみたいなものは？
・あれはデストラクション・ビームさ。彼はX番目のモンスターなんだ。

「ハハハ、確かに彼はアメージングだし、僕らの想像を超えたカートゥーンの登場人物だ。あのビームが何なのかは、カットされている部分に映っているのかもしれない。僕の知り合いには魔法使い系の職業であんな魔法を使える人はいなかった。うちのジャックもお手上げだと言っているよ」

・あの動画を見返したくなってきた。
・キュートガールも出てくるしな。
・彼女はまさにフェアリーだな。自作のフィギュアを作り始めてるところさ。
・自動人形《ドール》のことかな？　硬質なフォルムがセクシーだね。

「おっと、肖像権には注意してくれよ。そういえばあの動画に触れたのは日本の自動人形《ドール》に興味があってフォローしていたからなんだけど、実は新型サイファーの納期が来月に決まった。ダンジョンにも連れて行くから楽しみにしていてくれ」

・サイファーの仕様を見たけど、そんなに強いドールなのか？
・愛嬌《あいきょう》があって可愛い。多脚戦車タイプもいいね。
・そろそろシャーリーさんは出てこないの？

「シャーリーはちょっと今いないんだけど、今のうちに話させてもらえるかな。今度のダンジョンアタック……ブラッド・キャニオン完全制覇を達成したら、僕は数ヶ月分の報酬をとても小さな宝物に支払うつもりでいるんだ」

・兄貴、おめでとう！　ご祝儀の準備はしておくよ！
・デービッド兄貴には死亡フラグなんてものは関係ないね。
・幼馴染み同士で結婚なんて素晴らしいよね。末永く爆発してくれ。

【チャンネル登録者数52万人　ダンジョンライバー　夜々《よよ》リシア】

「ちょっともうこんな話したくないんだけど……私もどこの学校通ってるか言ってるから、みんな気づいてるわよね。例の動画よ、例の」

・リシア様、春服も最高です！

・右下に目が惹きつけられてダンジョンが見えない。

「そう？　モデル新調して良かったー、これもみんなが応援してくれてるおかげよ。はー、やっぱ夕暮れ時のダンジョンってゾクゾクするわね、お化けとか出そうで」

・放課後にダンジョン配信してくれるリシア様って女神ですか？

・俺は今自宅で寝てます、昼間のダンジョン実習でボコられました。

「えー、それって大丈夫なの？　まあせっかくだからおまじないしといたげるね。痛いの痛いの飛んでけー、なんてね」

・例の動画がどうしたの？

・めっちゃ強い新人のやつ、あれって本物なの？

・リシアたんと同じ学校、超うらやま。

「んー、まー、えーと……もーほんとあいつのことなんて認めたくないんだけど、いちおう後輩ってことにはなるわね……あ、モンスター出た。燃やしてあげるわ!」

・うぉぉ、俺も燃やしてください!
・魔法使いがこれほどハマる人もいないわ。
・変身シーンは今日はやってくれないんですか?

「あいつが見てると思うと……あ、今のナシ、忘れて。えーとえーと。あー、全然集中できない……」

・俺もリシア様のいる学校に転校しようかな。
・自分も脱サラして探索者になったよ、毎日楽しい。
・リシア様、無理せず休んでも大丈夫ですよ。

「あいつがあんなにバズっちゃったから、私も頑張らないとね。後輩になめられるわけにはいかないし……ちょっ、何してくれてんのよ、アイドルに毒液吐くとかっ……」

・毒液ナイスゥ。
・毒液じゃなくてスピード遅くなるやつだよ。
・俺のリシアたんに何しやがる！　けしからん！
「あんたたちねえ……っ、それもこれもあいつのせいよ……っ、ふ……不埒者《ふらち》！」
・不埒者いただきました！
・リシアたん誰かの名前言おうとしなかった？
・放送事故にならなくて良かったー。

OTHER2　病室

日向騎斗は病室のベッドで目を覚ました。

未明の空はまだ暗く、病室は非常灯の明かりだけで薄暗い。

騎斗は病院に運ばれてから意識を失い、今までうなされていた。

「っ……あぁ……」

恐怖が再び蘇《よみがえ》り、騎斗は思わず声を上げそうになる。

仮面をつけた道化師のような魔物に襲われ、騎斗は胸を貫かれた。しかし出血も痛みもない。あるのは何かを奪われたという感覚だけ。仰向けに寝たままで、騎斗は自分の手を見る――そして、違和感を覚える。

（手が、小さく……骨ばっていたのに、何か違う。あの攻撃によるものなのか……一時的な、状態異常か）

こんなはずではなかった。

日向家の末弟である騎斗は、入学前から自分の職業が『聖騎士』であることを知っていた。血統にふさわしい職業を得た騎斗は、優秀な兄たちと変わることなく期待をかけられた。

誰もが騎斗の命令に従った。『日向』の人間であるというだけで、ほとんどの人間が自発的に騎斗を敬ってきた。

世界は日向家とそれ以外でできている。騎斗にとってはそれが紛れもない真実であり、今後も変わることはないはずだった――しかし。

「あい、つ……藤、原……藤原ぁ……っ」

喉から絞るような声は、自分のものではないように思えた。それすらも、騎斗の内にある不安を大きくする。

「誰、か……誰か、いないのか……っ、目が覚めた……僕は、生きて……」

空中を掻《か》くようにしてもがく騎斗――彼の呼びかけに応じるようにして、病室の扉が静かに開く。

立っているのは騎斗の班で付き従っていた二人、遊佐怜美《れみ》と由良《ゆら》響《ひびき》の二人だった。

「……失礼、いたします。日向様」

「先刻は……私どもは何のお役目も果たせず……」

「……それはいい……あんな怪物が出てくるとは聞いていなかった……事前に、入手していた地図では……」

騎斗は話しながら咳《せ》き込む。怜美が近づき、起き上がろうとした騎斗を支える——響はそれを黙って見つめている。

「……なぜ、そんな目をする？」

「い、いえ。私は……」

「その目……待て……なぜ、僕を……っ」

「そのようなことは決してございません。私は……わ、私は……っ」

響は動揺し始める。騎斗にはその理由が分からず、しかしこれ以上声を荒げる力も残っていない。

「……騎斗様のお兄様方は、今後しばらくは目立つ行動をしないようにとおっしゃられています。旦那様のご意向とのことです」

「くっ……くくっ……何だ、それは……僕は家の恥だとでもいうのか……っ」

「僭越《せんえつ》ながら、申し上げます。皆様が対応を決めあぐねているのは……その……」

「はっきりと言え……今さら遠回しに言われて何になる。失態をさらした僕のことが疎ましくなったんだろう」

騎斗は少しずつ、声を出すことに慣れ始めていた。かすれていた声は、それでも元の声には戻っていない。

（……声が喉から出るときの、感じが……違う……何故……）

「僕は……僕が受けたあの攻撃は……」

「あの魔物から受けた攻撃は、『生命吸収』と呼ばれているものだそうです。その……大変申し上げにくいのですが……」

「この場合の生命というのは……『レベル』も含まれます。騎斗様のレベルは、下限まで下がって……」

「ば……かなっ……そんなことが、あるわけが……」

レベル：1
生命力：10／10　魔力：5／5
筋力：8（F）
精神：10（F）
知力：10（F）
敏捷：12（F）
幸運：5（F）
スキル：なし

「……あ……ぁ……」

ステータスを表示したスマホを見せられた騎斗の喉から、声にならない音が漏れた。

騎斗の目から光が失われていくさまを見ながら、怜美と響は沈痛な面持ちでいる。二人の唇は青ざめ、震えていた。

「……こんな、ことが……何なんだあの化け物は……っ、なぜこんなことができる……！」

騎斗が怜美に取りすがるが、その手に力はない。怜美がそっと手を重ねただけで容易に外される。

「これからも、私たちがお守りします。クラスへの復帰は、騎斗様のお力が戻り次第、ということになりますが……」

「このようなことは前例がないため、学園もどのような決定を下すか分かりません。その……騎斗様の、お身体は……」

「な、なんだ……何を、言って……」

怜美と響は、騎斗の手にあるスマホを見ている。

まだ、見ていない部分がある。本来変更されることはなく、見る必要のない部分――。

名前：日向　騎斗　15歳　女
学籍番号：０１３９４１
職業：未取得

「主治医の先生がおっしゃるには……未知の魔物が行う攻撃には、まだ解明されていない効果がある。騎斗様に起きた変化も、それによるものと……」

騎斗は何も答えず、その手から力が抜ける。

骨ばった手でなくなっていること。声が高くなっていること──その理由は一つだった。たった一晩熱にうかされたあと、騎斗はそれまでの自分から変化していた。

女性に変化している。スマホに表示されているステータスが間違っているわけではないことは、当の騎斗が分かりすぎるほどに理解していた。

「……もしこの状態が続くのであれば。通学先の学校を変えることも検討するようにと」

「……そうか……それはそうだな。職業まで消えてしまったんじゃ、全てをやり直すしかない」

騎斗を見守る二人も言葉をなくしている。寝ている間にはだけた騎斗の病院着を、怜美は何も言わずに直した。

「……なぜ藤原くんは僕を助けたんだ。僕は彼を侮辱して、あわよくば全てを奪おうとさえ思っていたのに。そんな人間を助ける道理はどこにもない……」

「それは……」

「彼は、そのような信念を持っている……私どもには、それしか申し上げられません」

響の言葉は、彼女の『藤原司』に対する見方の変化を表していた。

ランクEの職業と侮っていた。そんな自分を恥じ入る思いが、騎斗の中にも生まれていた──夢の中で何度も殺される自分を救ったのは、他ならぬ司だったからだ。

「……元の身体に戻る方法を探すには、あまりにも遠いけど。こうして生きているのなら……」

最後までを言葉にすることはできず、シーツの上に水滴がいくつも落ちる。

「すまない……一人にしてくれないか」

騎斗の言葉を受けて、二人が病室を出ていく。残された騎斗はスマホを手に取り、ただ画面を眺め続けていた。

2　嵐の前

昨夜は疲れもあってか、秋月さんに夕食を作ってもらって食べたあとはぐっすり寝てしまった。

「うーん……く、くすぐったい……」

「ミャー」

なんとなく隣が温かいと思っていたら、リンが布団に入ってきていた。猫のヒゲが頬に当たってくすぐったかっただけなのだが、また変な夢を見てしまった——樫野先輩に踏まれたのが原因だろうか。

『ほら、私に踏まれて気持ちいいでしょ？』

俺にそんな趣味は全くないはずなのだが、目覚めさせられようとしているのか——それは避けたいので、樫野先輩の機嫌を損ねず人権を確保したい。

「……もしかして寝てるときもやってたか？」

リンが俺の胸に前足を置いて踏み踏みしている——この可愛さしかない生き物は、結局どんな種族なのだろう。

◆◇◆

着替えたあとにスマホで魔物図鑑を調べてみるが、猫型の魔物はどれも獰猛《どうもう》な感じだったり、羽が生えていたりで、リンとは似ていなかった。

「おはようございます……あれ？」

昨日は落ち着かないので部屋で夕食を摂ると言っていた樫野先輩が、普通に着席している。

それまでスマホを見ていた樫野先輩は、俺が来たことに気づくとちら、と視線を向けてくる。

「……お、おはよ」

あまりに意外過ぎて反応が遅れる——不本意そうでもなく、先輩が挨拶をしてくれるなんて。

「おはようございます、樫野先輩」

「何見てんの？　スマホのながら歩きは良くないわよ」

「すみません、ちょっと調べ物で。その、今日はご一緒させて頂いても……」

「かしこまりすぎでしょ。一個上なだけだし、そこまでしなくていいわ」

やはり昨日とは対応に天地の差がある。俺は先輩の対角線上に座る――また彼女は何か言おうとしたが、少し首を傾《かし》げるようにする。

「……やっぱりあんたじゃなくて、ただの人違いよね。でもあの子はやっぱりななみーに見えるし……」

「え……」

「こっちの話よ。はー、まあいいわ。あんた卵はスクランブル派？　それとも目玉焼き？」

「どっちも好きですが、今日は目玉焼きの気分ですね」

「ふーん、じゃあ私が作ってあげる」

「え……い、いいんですか？」

「昨日のことで硯さんに怒られたしね。考えてみれば私にも少しは非があるから、少しだけ譲歩してあげる。感謝しなさい」

「こーらー、それって全然謝ってないでしょ、瑛里沙ちゃん」

「ひっ……」

キッチンから顔を出したのは秋月さんだった。秋月さんは樫野先輩の肩に手を置き、俺に向けてウィンクする――これは、先輩との間をとりなしてくれるということか。

「お、脅かさないでよ……硯さん、そういうわけだから手伝うわ」

「司くんには私がじきじきに作ってあげたいんだけどなー」

「っ……意地悪しないでよ、人がせっかく勇気出して……あっ……」

「え、えーと、俺は誰に作ってもらっても……」

「司くん、それはそれでどうかと思うよ？　……あ、白ちゃんも来ちゃった」

「…………」

七宮さんは今日はまだ眠気が抜けていないらしく、ぼーっとした状態で歩いてきて、テーブルを見て少し間を置き、俺の隣に座る。

「……おはよう」

「おはよう、七宮さん。ちょっと眠そうだね」

「……少し休むのが遅くなったから」

「そうなのか。俺は気づいたら寝落ちしてたな……」

「っていうことは、やっぱり投稿なんてしてる時間ないわよね。あー良かった、これで解決だわ」

「……？」

樫野先輩はエプロンをつけてキッチンに入っていく。家庭科の時間に作ったようなお手製感あふれるエプロンは、猫の肉球柄だった。

「……樫野先輩も、猫が好きそう」

「確かに。なんとなくそんなイメージはあるな」

ゆるい空気が流れる中で、樫野先輩の言葉が引っかかる。『投稿』とは一体――学園のチャンネルでの動画投稿のことだろうか。

今見てみようとすると、メンテナンス中と出て開けなかった。七宮さんはリンを膝に乗せて目を閉じている――目が覚めてくるまではそっとしてあげた方が良さそうだ。

「ふぅ……ああ、後輩君たちも揃っているね」

「天城先輩、おはようございます。朝から素振《すぶ》りですか？」

中庭からリビングに入ってきた天城先輩は手に木刀を持っていて、練習用ということか白い剣道着姿だった。

「これをすると一日を清々しく始められるからね……ひぁんっ」

「え？」

凜《りん》とした姿の天城先輩がいきなり腰砕けになる――何事かと見てみると、スリッパを履いた足にリンがじゃれついていた。

「くぅっ……ね、猫は可愛いが……私が触ると壊れてしまいそうで触れないんだ……っ、あぁっ、そんなザラザラした舌で……っ」

「ニャーン」

リンが天城先輩に対して好き放題している――彼女は猫にはとても弱いということが分かった。

席を立ってリンを抱えると、天城先輩はへなへなとその場に座り込んでしまった。

「はぁっ、はぁっ……」

「なに朝からハァハァしてるのよ……なんか藤原にされた後みたいじゃない」

「されたのはその猫にだが……私もまだ修行が足りないね……」

「猫に慣れるために特訓したほうが良さそうですね」

「っ……あんたねえ、そんな真面目だと私が恥ずかしくなるでしょ」

とりあえず二年生の先輩二人は猫を飼ってもおおむね大丈夫そうだ。樫野先輩もリンをチラチラと見ているが、触ろうとしないのは俺たちの前だからか。

ふと横にいる七宮さんを見やると、胸がテーブルの上に乗っている——この姿勢の方が楽なのかもしれないので、まだ眠そうな彼女をそっとしておくことにした。

3　発覚

朝食を摂ったあと、天城先輩と樫野先輩は揃って先に登校していった。

彼女たちは2-A組ということなので、日向が言っていた通り二年時はランキングが上の生徒からクラスに割り振られる。ということは、彼女たちのランキングも高いということになる。

「うちの寮生はみんなランキング上位なんだけどね。阿古耶ちゃんと瑛理沙ちゃんは二年生の『七席』にいるくらいだし」

「七席……上位七人ってことですか？　めちゃくちゃ凄い人たちなんですね」

「……硯さんは……」

「あ、ちょっと待って。何か電話かかってきたから。長引きそうなら先に出ちゃっていいからね」

秋月さんはリビングの窓際に行って電話を受ける。

七宮さんが何を言いかけたのか気になるが――それについて聞こうとしたところで。

「……えっ、どういうこと？　バズってる？　ドールのカメラ動画……そのドールは一体誰の……それって本当なの？　うん、うん……Sチャンネルのアカウントは本人のものじゃなくて、代理投稿されたってことね。それって姫乃のところの……」

何か物々しい雰囲気だが――七宮さんも気になるようで、靴を履くのをいったんやめて秋月さんの様子をうかがう。

「……彼女はドール操縦者として認められていて、権限も生徒と同じっていうことね。でもその動画の内容ってそんなに……えっ、外部にも出ちゃったの？　三百万再生……それって影響力のある人が拡散したってことよね。本人に確認……って……」

秋月さんがこちらを見る。彼女は電話を切ると、俺の目の前までやってきて――そして、肩に手を置いた。

「おめでとう、って言っていいのかは分からないけど……凄いことが起きたみたいね」

「えっ……ちょっと待ってください、よく意味が……」

秋月さんはさらに迫ってくる――エプロンを押し上げている胸が当たるくらいの距離まで。

「いい？　気をしっかり持つのよ。あなたを取り巻く環境は、昨日と今日では大きく変わっている……と思うんだけど、実際学園がどんな状況かまでは分からない。でもね、確実にあなたのことを知っている人は爆発的に増えている。二千人近い生徒の全員が知っていてもおかしくないわ」

「……昨日のことが広まってる？」

「昨日のこと……あれについては『対処した』って言ったはずだけどな」

ピエロがどうなったか分からないし、確実に倒せたかも分からないので『対処した』と言った。

「……対処というか、討伐してるのよね？　その、ほぼあなた一人で」

「い、いや、確実に倒せたかどうかは……」

「私も全部把握できてるわけじゃないけど、あなたらしい生徒の活躍を投稿した動画が、昨日外部の動画投稿サイトとSチャンネルに投稿されたのね。外部のものはすぐ非公開になったんだけど、Sチャンネルのものは自動評価が入って、それが理由で今Sチャンネルが開けなくなってるの。審議中っていうことね」

「ま、待ってください。俺は動画投稿はしてないですよ。成績評価に入ると聞いたので、やった方がいいのかなとは思ってたくらいの段階です」

秋月さんも動揺しているようだが、俺も困惑している。

動画なんて撮影してる人はあの場にはいなかったし、そんな余裕も——。

そう考えたところで、昨日のダンジョン内でのある場面が蘇る。あのとき俺は、サイファーにダンジョン内でも問題なく進めるのかと聞いた。

『ワタシハ「浮遊」トクセイガアリマス。問題《ノープロ》ナシデス』

その後に、サイファーのステータスが書かれたカードを見せてもらった。あのときは他の項目に目を惹かれてしまったが、特性の項目に『浮遊』以外の記載があったはずだ。

（……確か……光学迷彩と、レコード。記録《レコード》……？）

「昨日のダンジョン実習、司くんってドールを連れていったんじゃない？」

「……あのサイファーは全方位型の高性能カメラを搭載してる。何も設定しなくても、ダンジョン内での場面を自動的に撮影するはず」

七宮さんが言う通りなら、俺はサイファーのカメラが動いているところを見ていながら、それを『撮影している』と捉えていなかっただけになる――普通に視界を確保しているだけだと思っていた。

「サイファーが……いや、サイファーのデータを管理してる人が投稿したってことですか？」

「そうなるわね。Sチャンネルに投稿された動画があなたのドールが撮影したものなら、あなたの動画内の功績は他の動画と同じように評価されるわ。今聞いた話だと、魔物に襲われた生徒を救助もしてるってことで、これはもう勲章が授与されるようなことなのよね……どうして昨日は何も話してくれなかったの？」

「い、いえ、ダンジョンに入ったっていう話はしたじゃないですか」

「むぅ……硯お姉さんはね、司くんの活躍を電話で聞かされるとかじゃなくて、本人から聞きたかったの。分かる？　この切なさ。もう秘密主義の司くんのことなんて知りません。いっぱい騒がれて有名人になって困っちゃいなさい」

「ええっ……」

理不尽な感じで怒られ、秋月さんに送り出されて外に出る。

「……どうする？　裏口から学園に入る？」

「えーと……ま、まあ大丈夫じゃないかな。昨日の今日だし、そんなに広まってないと思うよ」

「……硯さんが、藤原くんは有名人になるって」

「はは……有名人って、俺には全く縁がない話だよ」

確かに初めてのダンジョンであんな事態に遭遇する人はそういないだろうが、有名人というのは話が飛びすぎている。

そして俺は七宮さんの助言通りに裏口から行くことは選ばず、裏山を下りたあとは学園の北門を通って一年校舎に向かうことにしたが――すでに門の前に人だかりができていて、それが何を待っているものなのかも考えないまま、普通に歩いていってしまうのだった。

4　熱狂の渦

「……なんだか、ざわざわしてる」

「確かに……今さらなんだけど、裏口ってどこにあるのかな」

「あっ、来た……」

校門にできていた人だかり――俺には関係ないだろう、というのはこの時点で通用しなくなってしまった。

「や、やっぱり動画の一年生だ……！」

「すげえええ！　マジ本物だ！　うちの学園に鬼《おに》バズ主がいる！」

「あ、あのっ……あの動画見ました！　一年生ダンジョンで、召喚魔法を使った人ですよね！」

二十人くらいの生徒がいるが、真っ先に走ってきたのは三人だった。それぞれ一年、二年、三年で、三年の女子がすごい勢いで質問してくる。

「えっ……い、いや、俺はただの『荷物持ち』で……」

「い、いえいえいえっ、あの魔物に使ってたあれは、ネットだと『隕石召喚』って言われてますけど……！」

「俺が見たのは重力魔法って言われてました！　マジかっけーっす！」

「いやいやいや、本当に凄いのはその後のビームでしょ！　映画みたいな迫力でシュビビビッて！」

「い、いや、あれはビームというか……」

「新聞部です、ちょっとお話聞かせてください！　あんな怪物に立ち向かえた理由は……ちょっと割り込まないで、まずこっちの取材が先……っ」

「放送部です、今日のお昼はお時間空いてますか!?　学園に颯爽《さっそう》と現れたヒーローにぜひお話をっ……」

「風紀委員会に興味はありませんか？　あなたのような人がいてくれたら学園はより良く……っ、ああっ、ちょっと、こっちを向いてて……！」

多人数に同時に話しかけられて、まったく頭に入ってこないが――ここはとにかく七宮さんを守るべく、俺の後ろに隠れてもらう。

「七宮さん、とりあえずここは切り抜けるよ」

「う、うん……いつでも走れる」

いつもクールな七宮さんも、さすがにこの状況はすぐには飲み込めないようだった。俺も同じなので無理もない。

「こらっ、校門の前で騒ぎはっ……通しなさいっ……」

警備員の人でも容易に接近できないような状況では、自分でどうにかするしかない――対人ではあまりスキルを使いたくなかったが、今は使うしかない状況だ。

《スキル『固定』を発動　対象物の空間座標が固定されます》

(少しの間止めるだけだ……っ、人が密集しすぎて危険だから、ばらけさせながら道を作る……!)

「んぁっ……!?」

「ほぉっ……!?」

「にぇっ……!?」

触れなくても止められるのは幸いだった――止まる瞬間に変な声が出てしまうようだが、それは出そうとした言葉が中断されるからだろう。

「――このスキルはすぐに切れるので、舌を嚙まないよう気をつけてください！　このままだと遅刻するので……七宮さん、行こう！」

「うんっ……！」

七宮さんの手を取って、迫ってくる人を『固定』しながら進んでいく――数十秒だけ止まるようにと意識しているが、この混乱で上手くいっているかは祈るしかない。

「こ、これだ……あの動画に出てたのは時間停止のスキルだったんだ、やっぱり……！」

「違うわよ、当たると遅くなる何かよ！　凄くスローモーションなだけで本当は動いてるんだから！」

「みんな大外れだよ、これは『スタン』スキルの一種だ！」

「……ぜんぶ外れてる……と思う……っ」

七宮さんが息を切らしつつ言う――俺も彼女の意見に同意だが、『固定』の原理は自分でも良く分かっていないので、他の人にも分かるわけがない。

「頼もーっ、期待の新入生にお手合わせを願いたい！　……ぬぁっ!?」

「対戦お願いします、フェンシング部の有《あり》賀《が》です……やぁんっ!?」

《スキル『固定』を発動　対象物の空間座標が固定されます》

部活の勧誘か、力試しか――そういう人も現れ始めた。探索者養成学校ということで、そういう血の気の多い人も多いようだ。

魔力：108／135

最大魔力がかなり増えているとはいえ、この頻度で連発させられると厳しい——『魔力回復小』のオーブがあるので、魔力切れの心配はないが。

「忍者部、切原茜《きりはらあかね》！　いざ尋常に勝負……へぁぁっ!?」

「科学部です、あなたのビームをぜひ私たちのところで分析……あーっ!!」

挑んでくる相手もカオスになってきたが、ただ突破するだけなら『固定』だけで何も問題ない——ただ七宮さんの体力が限界だ。

「……朝から走ったから……くらくらする……」

「七宮さんっ……分かった、俺の背中に……っ」

「っ……う、うん……あっ、凄い……私が走るより速い……」

昨日ステータスが上がったので、七宮さんを背負ってもスピードを落とさずに走れる。

とにかく人がいない場所を探す——玄関ホールも人が多かったので体育館の裏手まで回ってきたが、このままでは教室に着けない。

「——こっちです、二人とも！」

呼んでくれたのは伊賀野先生——なぜここにいるのかは分からないが、彼女は俺たちを誘導し、体育館裏の倉庫に俺たちを匿《かくま》ってくれた。

「はぁっ、はぁっ……」

「……大変だった」

「ご、ごめん……七宮さんの言う通りだった……」

「ううん、私もここまでと思ってなかったから……」

「私も騒ぎになるのは予想していましたが……藤原くん、本当に凄いことになってしまいましたね……」

伊賀野先生も俺の動画のことは知っているようだ。Sチャンネルについては先生にも情報が入ってくるのだろう。

「ひとまず生徒の混乱をおさめるには、私たち教員も働きかけますが、生徒会の協力が必要ですね」

「生徒会……その、俺のことでお手数をかけるのは悪いというか……」

「いえ、もう藤原くんは私たちの学園において重要な存在になっていますから、学園生活を不自由なく送ってもらえるようにするのは当然です」

「あ、あの。先生、昨日同行させてもらったドールが撮影した動画なんですが、先生たちにはどう見られてるんでしょう」

「今日の放課後に、そのことで会議が行われます。藤原くんたちはどうしますか？　生徒のみなさんがパニックを起こしているので、一時的に安全なところにいてもらうこともできますが」

「配慮していただいてありがとうございます、先生。その、サイファーのデータを管理してる人って、会ったりはできますか？」

「すぐに会えるかは分かりませんが、問い合わせはできますよ。直接やりとりをしたいということなら、それも打診してみます」

伊賀野先生が協力してくれることで、何とか今日という日は切り抜けられそうだが——あれほどの熱狂を目にしてしまうと、まだ鼓動が速まったまま静まらない。

「藤原くん、本当に有名になっちゃった……」

「ははは……こういう状況だと、素直に喜んでいいのかどうか」

「チャイムが鳴れば外には出られると思いますので……藤原くん、私は本当に何もかもを見誤っていて、恥ずかしい限りです。その……すごい動画でしたし……」

伊賀野先生も見たのか——そして俺を見る目が、昨日からさらに変わってしまっている。

これが『バズ』というものなのかと、その威力を痛感する。秋月さんが忠告してくれていた通り、世界が一変してしまう感覚が実際に訪れてしまった。

「……これからどうなるんだろう」

落ち着かなければと思いつつ、思わずぼやいてしまう。伊賀野先生はそんな俺を見てあたふたしていて、七宮さんには——よしよし、と頭を撫でられてしまった。

5　ヒーロー

チャイムが鳴り、外が静かになったあと、俺たちは教室に向かった。

「――はぅぁっ……!?」

みんな教室内に入っているはずなのだが――1年D組に入る前に、少し離れた物陰から声がした。

「あっ……ちょ、ちょっと待ってくださいね。ここは私に任せてください」

「は、はい……」

物陰に隠れているのは、制服で判別するとどうやら女子らしい。伊賀野先生は何やら驚いているようだったが――その次は神妙な様子になり、そしてその女子をそのままどこかに行かせると、一人だけで戻ってきた。

「……はい」

「いや、はいではなくて……えっと、今のは……？」

「……？」

七宮さんもよく分からない、と首を傾げている。伊賀野先生はしばらく何か考えている様子だったが、ぽん、と手を打つ。

「彼……彼《かの》……彼女……そうですね、彼女のことについては、学園からしっかりとフォローをしていくので……ダンジョンでの行為にペナルティはありますが、三だ……い、いえ、お家《うち》のことがあるからといって、何もなしとはいきませんからね」

「彼女……？　うちのクラスの生徒みたいなのに、教室には行けないんですか？」

「……あ……」

「七宮さん？　……うわっ」

七宮さんの視線の先には、こちらに見つからないように離れていく女子の後ろ姿が見えた——途中で何もないところで転んでいて、よくよく見るとパンツが足首までずり落ちている。

（……下着のサイズが合わないとか、そんなことあるか？　というか、あの髪色……ちょっと色が薄いけど、金髪といえば……）

なかなか立ち上がれないようなので、七宮さんと一緒に助けに行く——手を差し出すと、女子生徒は一瞬顔を上げかけて、パッと俯《うつむ》いてしまった。

「えっと……大丈夫ですか？」

「……見るな……っ」

「大丈夫、見てない。今のうちに……」

七宮さんに言われている意味に気づいて、慌てて女子生徒が下着を上げる——それでも彼女は顔を伏せたままだった。

「その、何か事情があるみたいだけど、焦らなくても大丈夫ですよ」

「っ……」

どう言葉をかけていいのか分からない——だがそれで良かったのか、俺の手を取ると、彼女はすっと立ち上がった。

「……わ、私に優しくしないでいいです。今のことは、お礼を言いますが」

「……どうして向こう向いてるの？」

「何でもないです……っ！」

七宮さんの言葉を振り切るようにして、女子生徒は走っていってしまう――結局最後まで、彼女はこちらに顔を見せないままだった。

耳まで赤くなっていたが、状況的に仕方がないか。普通にクラスに来られるようになるといいのだが。

しかし金色の髪といえば日向だ。こちらを心配そうに見ている伊賀野先生のところに行き、彼のことを尋ねてみることにする。

「伊賀野先生、そういえば昨日日向の……」

「ひゅっ……ひゅ、日向くんはいませんよ？　い、いえ、学園内には来ていますけど、まだ教室には来られないということで……う、嘘じゃないですよ、はい……っ」

「そ、そうですか……」

日向の名前を出した途端に先生が慌て始める――エナジードレインの影響が俺と同じように消えていたなら、そんなに動揺することもないはずだ。ということは、その逆だということになってしまうだろうか。

「日向はその……無事なんですよね？　病院で治療を受けて」

「ぶ、無事……無事という言葉の定義にもよりますが……元気、とも言えませんし。まだ、いろいろと時間が必要という状況ですね……」

「……藤原くんが凄く心配してるから、復帰したら教えてほしい」

「あぁっ……そ、それはですね、ぅぅっ……」

「だ、大丈夫ですか？　何かの発作ですか？」

「いえ、苦しいのは身体ではなくて、私の……その、良心というかですね……こ、この話はまた後ほどということで。教室に入りましょう」

あの女子のことが気になるが、ダンジョンでペナルティを受けたと言っていたので、昨日の実習で何かあったのだろうか。これ以上は今聞くことはできなそうだ。

教室に入った途端、クラスの視線が一気に集まる――やはり昨日とは全然視線の意味合いが違っている。

「あう……あうあうあ……」

「気絶するな長倉、藤原さんに失礼だろうがっ」

「一日で遠いとこまで行っちまったな……うちのクラスの『英雄《ヒーロー》』……」

三馬鹿トリオ――と雑に扱ってしまうが、今後も同じクラスだと彼らは大丈夫なんだろうかと心配になる。それくらい恐れられてしまっているようだ。

俺も席に着くが、七宮さんとは教室の隅同士で席が遠いので、若干寂しさが――と、そんな我が儘なことを考えてはいけない。

6　クラスの変化

「はい、みなさん静粛に……といっても、そわそわしてしまいますよね」

「あ、あの……先生、日向くんがまだ来てないみたいですけど……」

「え、ええと……彼はですね、まだ決定ではないんですが、転校をするか、少人数指導のクラスに移るかもしれません。その場合はうちのクラスに所属しながら、別のところで勉強をする、ということになります」

クラスがざわつく――さっき先生は『教室に来られない』と言っていたが、そんなことになっていたとは。

「彼はランクの高い職業で、クラスでリーダーシップを取ろうとしてくれていました。そんな彼がいなくなってしまうと、それは痛手なのですが……」

「あ、あの、先生っ……」

声を上げたのは、七宮さんと班を組んでいた冴島さん、芹沢さんだった。

「昨日、私たちは……藤原くんに助けてもらいました。藤原くんがいなかったら、私たちも無事じゃなかったと思います」

「Sチャンネルの動画がすごく話題になっていますが、本当にその通りの活躍でした……私たち、その、気絶しちゃってたんですけど、助けてもらったのは確かです」

「二人とも、昨日結構ウェーイな感じだったのに、揃って気絶しちゃったんだ？　可愛いんですけど」

「ちょっ……ウェーイって何、そっちだって騎斗様騎斗様って言ってたのにっ」

クラスの女子たちのじゃれ合いが始まってしまう──というかリアルファイトになりかねないので止めた方がいいんじゃないだろうか。

「あの場にいたら俺らも普通に気を失いそうだわ……あれはヤバいっていうか、藤原くん強すぎじゃん。スキルのスケールが違うじゃん」

「『荷物持ち』だからって馬鹿にしてサーセン！　自分の知識不足でした！」

「昨日はごめんなさい！　私たちがバカでした！」

「藤原くんに言ったことを思うと、生きてて恥ずかしいです！」

「あっ、よ、よかったら後でサインください！」

「え、えーと……特に謝ることなんてないし、サインも作ってないよ」

「がーん！　じゃあ名前だけでもいいですから！　ちょっとだけ、ちょっとだけでいいですから！」

ハァハァ……」

サインを欲しがる女子──名前をまだ覚えられないのだが、目が普通に据わっている。

「…………」

「（い、いや、浮かれてないよ七宮さん）」

無言でこちらを見てくる七宮さん——牽制《けんせい》されているのかと思ったが、そうでもなくて、ふわっと微笑んでくれる。あの顔は「藤原くんが褒められてて良かった」とかそういう系の、平和そのものなことを考えてる顔だ。

「……こうして見ていると、もう、藤原くんはクラスの中心人物ですね」

「……藤原くんは目立ちすぎるのは好きじゃないと思うので、そっとしておいてください」

七宮さんが俺の思っていたことに近いことを代弁してくれる。まだ出会ってから時間が経っていないのに、理解してもらえていることが素直に嬉しい。

「あっ……そ、そうですね、それはそうです。みなさんにも言っておきたかったのは、藤原くんはとても凄くて、すでに外部的にも有望な探索者候補生ですが、今朝のような騒ぎが続いてしまうと普通の学園生活もままならなくなってしまいます……ですから、みなさんも藤原くんのために協力して欲しいんです」

「あ……ま、まあその、この騒ぎもそう続くものではないんで、あまり気にしなくても……」

「うちらも他のクラスの子にちゃんと言います！　藤原くんをできるだけそっとしておいてって！」

まったく話したことのないギャル系の女子が率先してそんなことを言ってくれる——クラスメイトが俺の状況に理解を示してくれるだけでもありがたいし、あとは俺自身が気をつければ状況は改善しそうだ。

「というわけで……来るのが遅くなってしまったので、もう時間がギリギリになっちゃいましたけど、今日の午前中は体力測定なので、着替えて体育館に集合してください」

学年半分ずつに分かれ、時間をずらして体力測定することになっている――ということはまた大勢の生徒がいるところに行くことになるわけで。

心配そうに見ている七宮さんだが、なんとか乗り切りたい。といってもみんな体力測定に集中しているだろうし、騒ぎは起こらないと思いたいところだ。

7　レベル筋

男女合わせて一組五百名ほどともなると、一つの体育館では収容し切れないので、三つある体育館と二つあるグラウンドをフルに使うことになる。

俺たちは第二体育館にやってきた――体育館に併設された更衣室でもすでに他クラスの生徒から注目されている。

「君が例の……ほう、やはりいい筋肉をしているな。好きな筋トレは何かな？」

「いや、別に鍛えたりはしてないよ」

E組のメガネをかけた男子生徒に話しかけられる――こんな話題の振られ方をしたのはもちろん初めてだ。

「ということは『レベル筋《きん》』か。経験を積んで筋力が上がると、それに応じて肉体も変化するからな。君のレベルは10以上と見た。ちなみに僕はレベル5だ」

「レベル5……それって高い方ってことでいいのかな？」

「入学時のレベルは3から5、これは十五歳における標準値と言えるね。二十五歳くらいまでは成長期で自然に上がったりもするが、基本的には訓練、そして経験が必要だ。探索者学校では卒業時のレベルは10が目安だと言われているね」

ということは、一年でおよそ2レベル上がるくらいのペースということになる。半年で1上がるかどうかなのだから、普通に探索しているだけでは容易にレベルは上がらないだろう。


――おっさんは凡人だからレベル50止まりだけど、俺らのレベル限界は100だから。

――職業に応じて決まってるのよ。『荷物持ち』が100になっても仕方ないって神様も言っているわけ。

――そんなことないです、神様はみなさんに平等ですので、ベックさんも上級職になれるはずです。


（レベル100が当たり前だったあいつらは、やっぱり途方もない存在だったのか……いや、あの世界とこの世界のレベルは同じとは限らないか？）

『大聖女』のソフィアが言っていた上級職というのは『荷物持ち』には存在していなかった。俺には見つけられなかっただけかもしれないが。

「うちのクラス委員が例のあの人にレベルの説明とかしてる……い、いいのか……？」

「今さらチュートリアルなんて、すでにプロ級の人にやるとか度胸ありすぎだろ……！」

「あの人の名前、藤原さんって言うらしいぞ……！」

「『荷物持ち』の藤原さん……字面《じづら》は普通なのに凄みがあるな……！」

「ありがとう、参考になったよ」

「う、うむ……藤原くん、ところで君のレベルは……」

「えーと……ま、まあそのうち分かるんじゃないかな」

昨日ダンジョンに入る前はレベル３で、それは標準値より著しく低いということでもなかったようだ。

しかし現在のレベルは18で、今の話を聞いたらとてもじゃないが公表しづらくなった。日向のレベルは15だと聞いたが、そこまで上げれば学生の中では全能感というか、そういうものを感じても無理はないのかもしれない――俺にはまだまだ修行の途上に感じられる数字だが。

◆◇◆

『固定』と『圧縮』は体力測定で威力を発揮するスキルではないので、特に騒ぎは起こりそうにはないし、普通の結果を出していれば俺も埋没していけるかと思ったのだが――。

「は、はええ……あんな反復横跳びアリ？」

「速すぎて分身してるようにしか見えねえ……忍者かよ……！」

「拙者忍者部に入部するつもりでござるが、その拙者より明らかに速いでござる……！」

「それでいて全くスピードが落ちない……なんて体力だ……！」

俺の『敏捷』の値は１０８であり、その数値は学年の平均よりかなり高いようで、普通の反復横跳びがみんなには残像が見えているくらいのスピードらしい。

さらに『荷物持ち』がレベル15で覚えるスキル『健脚』は、長距離の移動でも疲労が蓄積しにくくなり、高いパフォーマンスを長く発揮できるようになる。反復横跳びの計測時間である数十秒間全力を維持するというのも、正直に言って余裕綽々《よゆうしゃくしゃく》だ。

「うぉぉ、藤原くんの握った握力計がカンストしたぞ!!」

「背筋力計も３００キロオーバー……背中に鬼の顔が浮かんで……！」

「垂直跳び1メートル50センチって、それはもう人一人分飛んでるんよ……！」

一つ計測するたびにどよめきが起こる——まるでギャラリーの前でホールを回るゴルファーにでもなった気分だ。

(背中に鬼は浮かんでないと思うけどな……『レベル筋』だとマッチョになるとまではいかないから)

『筋力』『敏捷性』が１００を超えていると、体力測定においては計測不能になる——これがレベル18の恩恵なのだから、昨日のうちに強敵を倒せたことが本当に大きかった。

「んん……っ」

「七宮さん、身体柔らかすぎ……」

「柔軟だと怪我をしにくいから、みんなも柔らかくするために新体操部はどう？」

「おおっ、七宮さんってやっぱり……」

「先生ー、男子がこっち見てまーす」

「あら、いけない子たちね……集中しないと怪我をするわよ？」

発言に色気しかないあの先生は誰だろう――女子の体育を受け持っている先生だろうか。

そして伏臥《ふくが》上体そらしをしている七宮さんは、確かにとても落ち着いてはいられないほどに――

と、俺も見ていてはいけない。

「うちの学園の先生って、美人が多いよな」

「伊賀野先生もメガネ外したら美人だしな」

「メガネを外せだと!?　ふざけたこと言ってんじゃ……！」

メガネの話でいうと、樫野先輩も寮ではメガネだと言っていた。かけている時はどんな感じなのだろうか。

「ふ、藤原さん、水、どうぞッ……！」

「な、なんも入れてません！　俺ら本当反省してて、今日も震えっぱなしっす！」

「藤原様のように筋肉が話しかけてくる領域まで、僕らも辿り着けますか？」

一応鹿山、猪里、長倉の順だが、程度の差はあれどだいぶ壊れてしまっている。どうも体力測定の結果がダメ押しになってしまったらしい。

「筋肉というか、経験《レベル》は嘘をつかないな」

「め、名言だ……『経験は嘘をつかない』……！」

「藤原くんってほんとに凄いんだ……スキルがあれだけ凄いのに、運動神経も凄いとか凄すぎない……？」

「『凄い』がゲシュタルト崩壊しそう……これはもう『しゅごい』ね……」

「何言ってんのよ、藤原様の凄さはもう言葉なんかじゃ表現できないわよ」

だんだん『様』と呼ぶ人の比率も増えているような――加減して体力測定の結果を押さえておくべきだっただろうか。しかしこうなると、最後まで変わらないスタンスでやり切るしかない。

「次の測定はグラウンドに出て持久走です。クラスで一緒に移動するので集合してください」

ジャージ姿の伊賀野先生が俺たちを引率してくれる。『持久走』も『健脚』が生きる種目だ――『荷物持ち』は体力測定に強いということが、現世で学園に通ってみて良く分かった。

8　公園にて

昼までの測定を全て終えて、長めの昼休みに入る。

『――藤原くん、お昼休み中すみません……あれ？』

『教室にいないということは学食か……彼のような人材を逃すわけには……っ』

『待ちなさい、特定の生徒を学園内で追いかけ回すのは禁止です！』

『やばっ、せ、先生、これは違うんです！　あぁっ、藤原くん、どこにいるんですかーっ！』

教室に戻ろうとしたらそんな騒ぎが起きていたので、俺はそのままフェードアウトした——何人かの刺客《しかく》（？）から逃れつつ辿り着いたのは、グラウンド外れの公園のような場所だった。

噴水を見られるベンチがあったので、座って一息つく。今日一日が目まぐるしかったので、時間がゆっくり流れる感覚は有り難かった。

顔がバレているので七宮さんから借りたままのリーチ眼鏡をかけ、なんとか購買に潜り込んでパンを買ってきた——何が入っているのか不明だが『四色パン』らしい。

（七宮さんはどうしてるかな……あ、スマホに連絡が入ってる）

クラスの女子は、今日の昼はみんな一緒に行動しているそうだった。

追いかけ回されることがなくなるまでは、こうして一人で行動するしかない——そう考えてパンの袋を開けようとしたとき。

「——先客とは奇遇ですね」

誰もいなかったはずだった。しかし瞬《まばた》きの間に、その人物はベンチの隣に座っていた。

「……いつから、とお思いですか？　お察しの通りスキルを使いました」

今まで俺を追ってきた生徒とは明らかに纏っている空気が違う。その女子生徒は俺と同級生らしく、長い髪が微風《そよかぜ》に揺れている。

「……失礼な物言いですみません。奇遇っていうのは違うんじゃないですか？」

「ふふっ……そうですね。あなたに会いに来たというのが本当のところですし。藤原司さん、私のことに覚えはありますか？」

「覚え……あっ……」

入学式のときに、壇上に立っている姿を見た——彼女は、生徒会の役員だ。

一年生から役員ということは、入学前から期待されていたということなのか。おそらく学年ランキングも最上位に位置しているだろう。

（そういえば、副生徒会長はこの人によく似てたな……姉妹ってことか？）

「ふふ、覚えていてもらえたようですね。そうです、生徒会の書記です」

「生徒会の人がどうして……あっ、あのことかな。伊賀野先生が、生徒会にも俺のことで協力を頼んでくれると言ってましたが……」

「はい、それにも関係はあります。放課後に例の動画の評価について先生方が会議を行いますが、その結果をお知らせするために、あなたを生徒会室に呼ぶことになっています」

「そうなんですか。じゃあ、今は……」

「私が自主的に、事前にあなたに会ってみたくなっただけです。さっきの持久走の時も同じグラウンドですれ違いましたよ？　私はA組なので、あなたが走るところは見られていませんが」

確かにクラスの男子が騒いでいたような気はする——こんな人がいたら、確かに注目してしまうだろうと納得させられる。

「……でも、見たかったですね。あなたのスキルの凄《すさ》まじさは動画で見られましたが、身体能力では簡単に負ける気はありませんから」

「俺自身は、Sチャンネルがメンテナンスに入っちゃって見られてないんですが……」

「そうなんですか？　とても素敵な動画でしたが、本人の許可なくアップするのは問題ですね。あなたのことを皆に知ってほしかった、ということなんでしょうか」

「どうなんですかね……俺もそのあたりはまだ分かってなくて。あ、すみません、昼食の時間にも限りがあるので、食べてもいいですか」

「っ……やはり大胆ですね、入学して三日目でランキングを壊してしまうような方は。私も簡単に食べられるわけには行かないのですが……」

「え……な、何の話ですか？」

バリッ、とパンの袋を開けると、顔を赤らめて自分の胸を庇うようにしていた彼女は、「あっ」と小さく言って、ゆっくりと警戒体勢を解いた。

「……今のは忘れてください。食べるというのを性的な意味に捉えたなんて、あるわけがないと思いませんか？」

「い、いえ、聞かれてもですね……ん？」

ぐぎゅぅぅぅ、という音がどこからか聞こえた――まさか、目の前の見目麗しい女子生徒のお腹が鳴ったとか、そんなことがあっていいのだろうか。

「……知っていますか？　性欲と食欲は相関しているという説があります」

「お腹が空いてるんですね……もしかしてここに来るために、まだ食事をしていないとかですか」

「どうして話を逸らさせてくれないんですか？　初めてですよ、こんなふうに私に恥をかかせてくれた人は」

こんな菓子パンを食べそうには見えないのだが、昼休みが長いとはいえ、お腹が空いたまま移動させるのは酷に思える。

「良かったら食べますか？　四色なんで、どれがどれだかは分からないですけど」

「……今の話の流れで私にパンをくれるなんて、そういうことと受け取りますよ？　男の子ってそういうことしか考えていないんですね」

なぜか上から目線になり、胸に手を当てて「どやっ」としてくる彼女。何というか、誤解を恐れずに言うなら親しみの持てる性格なのかもしれない。

「今のはちょっと言ってみたかっただけです。四色のうちにはずれはありますか？」

「クリーム、チョコ、ジャム、白餡《しろあん》ですよ。よく見たら袋に書いてありました」

「白あんも食べられますが、普通の餡のほうが好きですね……あっ、クリームでした。やはり日頃の行いがものを言うようですね」

自分でパンを割って取ってもらうと、彼女にとっての当たりが出たようだった。普通に二色分持っていかれたが、何も言わずにおく――お腹が空くのは辛いことだ。

「んっ……ああ、このシンプルな庶民の味、くせになりそうです……」

「庶民ってことは、もしかして貴族だったりします？」

「貴族という制度はないですが、私の家は裕福とは言えます。はむっ……んむっ……チョコレートも当たっちゃいましたね、完全勝利です」

「いや、ジャムも美味《うま》いですよ。まあ、昼にはできれば塩気のあるものが食べたいですけどね」

「はい、それはもう……でもですね、誰かに貰った食べ物はこんなに甘く感じるのだという学びを得られたので、私は満足して……んんっ、み、みずっ……」

「はいはい、コーヒー牛乳しかないですけど」

喉につかえてしまったようなので飲み物も提供する。これでは俺も午後から腹が減ってしまうだろうが、まあそれは仕方がない。

「んっ……ふぅ……食べ物を貰っただけでなく、命まで救われてしまうなんて……さすがですね、藤原くん」

「はは……無事で何よりです」

彼女は優秀な探索者候補生のはずだが、こうして見ていると結構隙が多いようだ——と、まだ名前を聞いてすらいない。

「これからこの学園を引っ張っていく人を、一目見ておきたかったのですが。どうやら強いだけの人ではないみたいですね」

「そう言ってもらえると嬉しいですが、学園を引っ張るっていうのは……」

「そういう期待をしてしまう、ということです。でもですね、あなたがあなたらしく探索者を目指すだけで、十分素晴らしいことではないかとも思います。ジレンマですね」

「あ、ありがとうございます。あの……っ」

名前を聞こうとする前に、彼女は席を立って歩いていく。

そして一度振り返ると——悪戯《いたずら》な微笑みを浮かべて、彼女は言った。

「どんな結果になっても、私はきっとあなたと競うことになる。これからが楽しみです」

そうやって、かなり格好をつけて歩いていく彼女だが——とても大切なことを伝えてあげることができなかった。

（スカートがめくれてるんだけど……）

◆◇◆

「っ……お姉さまっ、またそんな格好を……っ！」

公園を後にする女子生徒に駆け寄ってきたのは、一年生の女子——二人とも容姿がよく似ているが、『姉』と呼ばれたほうは少し背が高く、大人びている。

「あなたのふりをしても気づかなかったわよ。腹ペコキャラだと思われているから、そこはごめんなさいね」

「はらっ……も、もう、一年生の制服まで用意して、そんなこと……っ」

「去年まで着ていたものだから、サイズは大丈夫だったわね。胸が少し苦しいけれど」

「……お姉さま、もしかしてこの格好のままで彼と話していたんですか？」

『妹』の方が顔を赤くしてぷるぷると震えている。『姉』もようやく気づいた——自分のスカートがめくれていることに。

「……あなた、少しおてんばだと思われているかもね」

「お、おてんばっていう問題じゃないですよ……っ、どうしてくれるんですか、彼の中で私が『腹ペコパンツの人』になってたりしたら……っ！」

「見せてしまって恥ずかしいのは私の方だから……ふぅ、名乗らずにおいてミステリアスに終われたと思ったのに、ミステイクだったようね」

「もぉぉぉ――――!!　これだから『黙ってれば優等生に見える』って言われるんですっ！」

そう――一年生の妹と入れ替わり、司と話していた彼女こそ、学園の副生徒会長を務める人物だった。

御厨陽香《みくりやはるか》。妹の双葉《ふたば》とともに、名家である御厨家の出身で、学園におけるトップエリートの一人である。

「なりきりを深めるためにプリントものにしていたら、今ごろ即死だったわね」

「そんなのもう穿《は》いてませんっ！　……たまにしか」

「それはそれとして、放課後に彼を出迎えるときの打ち合わせをしておくわよ」

「本当に今日そんなことになるんですか？　いえ、私もあの動画はそれだけの評価がつくと思いますが……」

「彼がどの位置に置かれるかが争点で、私たちのところに来るのはまず間違いないでしょうね。そうでないと面白くないもの」

「……私も興味はありますけど。あぁ……でも……お姉さまの馬鹿……」

落ち込んでいる妹を宥《なだ》めつつ、陽香は一度振り返って、司のいる公園を見る。

「この責任は取ってもらうわよ、藤原司くん」

「自業自得なんですけど……」

彼女たちもまだ知らない。これから数時間後、職員会と学生探索者連盟が、藤原司という生徒についてどんな評価を与えるのかを。

9　急上昇

昼休みが終わるギリギリに教室に戻ることで、とりあえず騒ぎにはならずに済んだ——というか先生方の働きかけで、事態は落ち着いてはきたようだ。

午後からは一般科目が始まったが、レベルの影響で知力が上がったことで頭に入りやすくなっていた。知らないことが分かるようになるということではないので、ちゃんと授業は聞かなくてはならない。

そして放課後。俺は伊賀野先生に学園内で待っているように言われ、図書室に来ていた。

「みんな部活見学か……七宮さんはどこか入るの？」

「ううん、特に考えてない。勧誘はされたけど」

「そうか、それなら放課後にダンジョンに入ったりもできるかな。そういう部活とかあるのかな？」

「あるみたい。ダンジョン散策部、ダンジョン研究部、ダンジョンご飯部」

「ダンジョン内で食事をするのか……魔物を食べるってことだと、なかなかハードルは高いな」

「——わ、私はお水だけでも大丈夫ですので……」

「——まあまあ、食ってみると結構ウマいぜ。おりさんの手料理なのは残念だけどな。

「——そんなもの食べられるわけないでしょ！　馬鹿にしてるの!?

前世の記憶がたまに過《よぎ》るが、女性メンバーは魔物食が苦手だった。食糧が長く持たないような環境のダンジョンもあるので、どうしても必要になる場合もあったのだが。

「……藤原くんと一緒なら、どんな部活でも入りたい」

「っ……そ、そっか。それならちょっと考えてみようかな」

どんな部活があるかの資料を見てみるが、どれも面白そうではある——やはり『荷物持ち』として惹かれるのは、登山や野外活動系ではあるが。あまり体力を求められる場合は七宮さんには負担になる。

『——生徒会よりお知らせです。1年D組の藤原くんと七宮さん、生徒会室まで来てください』

「……私も一緒でいいの？」

「昨日一緒だったから、いいんじゃないかな……というか、俺たちが一緒にいるのが先生から伝わってるのかな？」

「そうかもしれない」

七宮さんに一人で寮まで帰ってもらうのは気がかりだったので、一緒に行動できるのは有り難い。

生徒会室は一年、二年、三年の校舎にそれぞれあるが、俺たちが呼ばれたのは一年校舎の生徒会室だった。図書室から玄関ホールに出て、そこから向かう。

「1年D組の藤原と七宮です」

「どうぞ、入ってください」

中から聞こえてきたのは、覚えのある声——ついさっき、昼に聞いたばかりだ。

「失礼します」

部屋の中には丸いテーブルが置かれていて、伊賀野先生、一年生の女子ともう一人の女生徒、二人大人の男女が座っていた。壮年の男性のほうは学園長だが、女性の方は見たことがない。

「今は三年生……会長たちが実習に出ているため、代理でご挨拶させていただきます。私は2年A組の御厨陽香、本学園の副生徒会長です」

さっき会った人は、副会長の妹さんの方だったと思うが——彼女も同席しているが、なぜか顔が徐々に赤くなってきている。

「私は三ツ谷輝久《みつやてるひさ》、学園長です。入学式で挨拶させてもらったのを覚えているかな」

「は、はい……」

「そしてこちらは本学園の理事長で、全日本探索者連盟会長の……」

「父のことは今はいいでしょう。私は学園の経営に携わる者として、今後有望な……いえ、この学園の未来を左右するだろう生徒さんに、挨拶がしたくて参りました。理事長の本庄鞘子《ほんじょうさやこ》と申します」

「初めまして、藤原司と申します。今年から学園でお世話になっています」

学園長と理事長が名刺を渡してくる――七宮さんも受け取るが、学園長、そして理事長の両方と面識があるようだった。

「一度貴女《あなた》にも挨拶しておきたかったのだけど。のびのびになってしまってごめんなさいね」

「いえ……大丈夫です。こちらから行かないといけなかったので」

七宮さんと理事長はどんな関係なのだろう――理事長は若く見えるが三十代の半ばという感じで、七宮さんを見る目には、なんというか優しいものがある。

「わ……私は生徒会書記の御厨双葉です。一年生の代表として同席させていただきます」

さっき会ったばかりなのに、なぜか雰囲気が違って見えるような――ちょっと考えると混乱してくるが、とりあえずこの感じだと、今が初対面という体《てい》らしい。

俺たちは席を勧められて着席する。

「さて……藤原さん、あなたの活躍を撮影した動画が、昨日二つの経路で公開されて、大きな反響を得ていますね」

「それなんですが、俺が自分で投稿したわけではなくて……」

「随伴用自動人形……ドールの撮影した動画とは聞いていますが、もともとドールというものは探索者の活躍を記録するというのも、制作意図に含まれているものなのです」

「そう……なんですか。できれば、投稿をした人と話したいんですが」

「我が学園には『研究所』のある区画があります。ドールの開発が行われている場所でもありますが、基本的には生徒の出入りできる場所ではありません」

伊賀野先生は問い合わせをすると言ってくれたが、理事長は難しいと言う――どちらの意向が優先されるかといえば、後者なのだろう。

「それでも俺は、どういう意図があったのかを聞かないといけないんです」

「……おそらくまだ聞いていないと思うが、実際に君の動画を投稿したのは、学園の生徒だ。学園の特別奨励制度を利用していてね、ある理由で面会はごく一部に限られている。しかし藤原くんには当然当人に会う権利がある。だから、もう少しだけ待っていただきたい」

俺と一緒に行動したサイファー、そのデータを見て何を思ったのか。聞きたいことが沢山ある――だが制度上すぐに会うことが難しいなら待つしかない。

「分かりました、連絡をお待ちしてます」

「ありがとうございます。あなたなら、誰にでも会いたいと思えば会えてしまう……それほどの力があるように思っていますので」

「そんなことは……無理矢理に自分の希望を通そうとは思いません。その人に会えないと言われたら、方法を考えたとは思いますが」

俺の話に耳を傾けてくれているなら、今はそれでいい。何も伝えられず、他人に流されていくようなことは避けなければならない。

「では……本題に入ってもよろしいですか？　先生方」

「ああ、私から話そう。Ｓチャンネルにアップされた昨日の動画だが、朝六時の時点で公開は停止されている……それまでにほぼ全ての生徒が閲覧した。私が把握したのは深夜の段階だったが、そのときには既に世界有数の探索者がＳＮＳで緊急配信を行い、外部サイトにも投稿された君の動画について言及していた」

「っ……そ、そんなことになってたんですか……」

「外部サイトの動画はすぐに非公開になったため、手違いがあったのかもしれないが、日本のどこかの探索者学校の生徒だというのは大きな話題になり、全国の探索者学校に海外からも問い合わせがあった。もちろん国内からも殺到し、回線がパンク状態になった。今日も昼過ぎまでは対応にあたって、ようやく小康状態になった……いや、君は何も気にしなくていい。とても多くの人に評価を受けた、それは純粋に素晴らしいことだ」

俺が体力測定をしている間もそんな状態だったとは——対応に当たってくれた人たちに申し訳なくなり、その場で頭を下げる。

「通常の基準で君の動画の内容を評価するのなら、未知の魔物を二体も倒していること、そして人命の救助を行ったことで、一年生の中でも最高評価を与えるのが当然だ。しかし、もはや君の能力は一年生の範囲にとどまらず、今の段階から学園有数の……いや、唯一無二《ゆいいつむに》の存在になっていると言っていい」

威厳のある壮年の男性が、俺のことをずっと興奮した面持ちで捲《まく》し立《た》てている——それも褒めちぎるくらいの勢いなのだから、恐縮する以外にはない。

「三大名家の一つである日向家の子息があのようなことになったのは、学園にとっても手痛い損失だ。彼を救ってくれた君の英雄的行動は、普遍的に賛美されるものだと私は考える。しかし二年、三年の生徒は幾つもの功績を重ねてランキングを上げているため、それも考慮しなければならない」

「はい、それは全然……俺は評価されたかったわけじゃなくて、やるべきことをやっただけだと思ってます」

ランキングが最底辺のままよりは、少しでも上げた方がいい。七宮さんとパーティを組んでも誰にも何も言われないために——そんな思いはあった。

一年生の中で真ん中くらい、できれば七宮さんと近い順位までは上がりたい。それくらいの希望はあるが、たった一度の評価でそうなるとも思っていない。

それを実際、ここで言葉にするべきか。そう考えたところで俺はようやく気づいた。

「……本当に驚くほど謙虚な生徒だ。探索者候補生の鑑《かがみ》だ……いや、学園の至宝だ」

「えっ……い、いや、それは言いすぎじゃないですか。俺はただの……」

「ただの『荷物持ち』ではない。ランクE職業の生徒に対しての評価は、総合的に見て低くなってしまうのが慣例ですが……私たち、そして学生探索者連盟はあなたに対して例外を適用することを決定しました」

「藤原くん、スマートフォンのステータスを見てください。つい先ほど、ランキングが反映されたはずです」

副生徒会長と妹さん、学園長と理事長。そして七宮さんが俺を見ている。

今日の朝からあったことを考えれば『その可能性』は否定できなかった。

それでも俺は、まだどこか他人事のように考えていた。

自分がしたことにそれほどの価値はなく、他の冒険者をサポートすることに喜びを感じる——そんな前世であり、現世もそれほど変わりはしなかったから。


——おっさん、自分が主役になりたいって思ったことはないのかよ？

——自分の人生の主役はいつだって自分だけ。そうじゃなきゃ面白くないでしょう。


リュードとアンゼリカの言葉。自分たちが主役であるという、絶対の自信から来るもの——それは、俺には無縁のものだった。

俺は荷物持ちを極めたいだけ。決まった立ち位置から出ようなんて、大それたことは考えるべきじゃないと思っていた。

「……藤原くん」

だが、そうじゃないのかもしれない。

荷物持ちが主役になることだって、今回の人生では不可能じゃない。

与えられたスキルの価値に気づいたとき、俺の人生は違う方向に進み始めていた——自分の夢を叶えられる方向に。

総合ランキング：3／2964
一年ランキング：1／1000

あとがき

本書をお手に取って頂き、誠にありがとうございます。とーわと申します。ＷＥＢでの連載からお読み頂いている方がいらっしゃいましたら、こちらでもお会いできましたね、と気さくに挨拶をさせていただけましたら幸いです。実際はとても緊張しております。

本作のテーマ『荷物持ち』ですが、何事も極めれば異能となるということで、主人公の司《つかさ》はだいぶとんでもないことばかりをしでかします。中でも『固定』はなぜ『荷物持ち』のスキルになるのか？　という疑問があるかと思いますが、モノを運ぶ上で重要なのはいかにして効率よく限られた空間に積み込むか、ということになります。ただ『固定』をするだけでは衝撃の対策ができていないため、大事な荷物を壊してしまうこともあるかもしれません。ですので、本作品における『固定』には荷物に対する衝撃を緩和する機能も備わっています。彼に運ばせればたとえ割れやすい生卵であっても、無事に目的地まで運ぶことができるでしょう。そういった地味な凄《すご》さも隙あらば描写していきたいと思っています。需要があるかどうかはアンケートをしたいところです。

転生前の『ベック』は縦方向にとんでもない高さの荷物を積み上げ、背負って運ぶことができましたが、洞窟の天井に引っかかるのでその技能は披露されず、なかなか仲間たちに凄さが認知されませんでした。サポート役とされる役職にも超人は存在するのだということは、ＷＥＢで小説を書くときに常に思考実験しなくてはならないことです。全ての職業に異能に至る可能性は秘められています。そう、あなたの職業も――私の場合は職業というよりも、『頑健さ』という名の異能を欲してやみません。キーボードを打つだけでも人は腱鞘炎《けんしょうえん》を起こします。おそらくスマートフォンを操作しすぎていることの方が原因に近いかと思いますが、『高速フリック入力』などの異能者の方々は、同時に『屈強な手首』というパッシブスキルも会得することが多いと言われています。日常でスキルなんて言葉を使い始めたら、それはもう世界にダンジョンが出現している兆候でしょう――窓を開けてみてください、あの白い雲はじつは空間歪曲《わいきょく》であり、そこから魔物が出現してくるかもしれません。備えあれば憂いなしということで、まず腱鞘炎を避けるためにスマートフォンは一日一時間のみとしていくことをおすすめ致します。

だいぶ胡乱《うろん》なあとがきとなってしまいましたが、ここからの御礼《おれい》はうってかわって真面目にお送りさせていただきます。

本書の書籍化にあたって大変なお手数をおかけしました担当編集様。本作の内容についてどうすればより良《い》いものになるかと作者以上に熟慮をいただきました。ご指摘の中に『面白い』というコメントを頂いたとき、無限に活力が湧いてきました。重ねて御礼申し上げます。

イラストを担当していただいたオウカ様。以前からその美麗なイラストを拝見していましたので、担当していただけると分かった際には本当ですか!? とディスプレイに話しかけてしまいました。今でもその感激は続いております。

そして電撃の新文芸編集部の皆様、校正担当の方、書店の方々、何よりも本書を手にとっていただいたあなたに、億万の感謝を捧《ささ》げます。ありがとうございました。

とーわ

電撃の新文芸

元《もと》英《えい》雄《ゆう》パーティの荷《に》物《もつ》持《も》ちおっさん、転《てん》生《せい》して現《げん》世《せい》ダンジョンを無《む》双《そう》する
～二《に》回《かい》目《め》の人生《じんせい》は『荷《に》物《もつ》持《も》ち』を極《きわ》めて学園《がくえん》ランキングを駆《か》け上《あ》がる～

著者／とーわ

イラスト／オウカ

2024年5月17日　初版発行

発行者／山下直久
発行／株式会社ＫＡＤＯＫＡＷＡ
〒102-8177　東京都千代田区富士見2-13-3
0570-002-301（ナビダイヤル）
印刷／図書印刷株式会社
製本／図書印刷株式会社

【初出】

本書は、カクヨムに掲載された『英雄パーティの荷物持ちおっさんですが、転生して現世ダンジョンを攻略してたら学園ランキングが急上昇してしまいました』を加筆・修正したものです。

ISBN978-4-04-915570-9　C0093　Printed in Japan

ファンレターあて先

〒102-8177
東京都千代田区富士見2-13-3
電撃の新文芸編集部

「とーわ先生」係
「オウカ先生」係

この物語はフィクションです。実在の人物・団体等とは一切関係ありません。

チュートリアルが始まる前に
ボスキャラ達を破滅させない為に俺ができる幾つかの事

著／髙橋炬燵
イラスト／カカオ・ランタン

この世界のボスを“攻略”し、
あらゆる理不尽を「攻略」せよ！

目が覚めると、男は大作RPG『精霊大戦ダンジョンマギア』の世界に転生していた。しかし、転生したのは能力は控えめ、性能はポンコツ、口癖はヒャッハー……チュートリアルで必ず死ぬ運命にある、クソ雑魚底辺ボスだった！　もちろん、自分はそう遠くない未来にデッドエンド。さらには、最愛の姉まで病で死ぬ運命にあることを知った男は――。
「この世界の理不尽なお約束なんて全部まとめてブッ潰してやる」
男は、持ち前の膨大なゲーム知識を活かし、正史への反逆を決意する！《第7回カクヨムWeb小説コンテスト』異世界ファンタジー部門大賞》受賞作！

電撃の新文芸

勇者刑に処す

懲罰勇者9004隊刑務記録

世界は、最強の《極悪勇者》どもに託された。絶望を蹴散らす傑作アクションファンタジー！

勇者刑とは、もっとも重大な刑罰である。大罪を犯し勇者刑に処された者は、勇者としての罰を与えられる。罰とは、突如として魔王軍を発生させる魔王現象の最前線で、魔物に殺されようとも蘇生され戦い続けなければならないというもの。数百年戦いを止めぬ狂戦士、史上最悪のコソ泥、自称・国王のテロリスト、成功率ゼロの暗殺者など、全員が性格破綻者で構成される懲罰勇者部隊。彼らのリーダーであり、《女神殺し》の罪で自身も勇者刑に処された元聖騎士団長のザイロ・フォルバーツは、戦の最中に今まで存在を隠されていた《剣の女神》テオリッタと出会い——。二人が契約を交わすとき、絶望に覆われた世界を変える儚くも熾烈な英雄の物語が幕を開ける。

著／ロケット商会
イラスト／めふぃすと

電撃の新文芸

かませ犬転生

～たとえば劇場版限定の悪役キャラに憧れた踏み台転生者が赤ちゃんの頃から過剰に努力して、原作一巻から主人公の前に絶望的な壁として立ちはだかるような～

著／一ノ瀬るちあ
イラスト／Garuku

もう【かませ犬】とは呼ばせない——俺の考える、最強の悪役を見せてやる。

ルーン文字による魔法を駆使して広大な世界を冒険する異世界ファンタジーRPG【ルーンファンタジー】。その世界に、主人公キャラ・シロウと瓜二つの容姿と魔法を使う敵キャラ『クロウ』に転生してしまった俺。このクロウは恵まれたポジションのくせに、ストーリーの都合で主人公のかませ犬にしかならないなんとも残念な敵キャラとして有名だった。

——なら、やることは一つ。理想のダークヒーロー像をこのクロウの身体で好き勝手に体現して、最強にカッコいい悪役になってやる！【覇王の教義】をいまここに紡ぐ！

ソードアート・オンライン　オルタナティブ

グルメ・シーカーズ

《SAO》世界でのまったり
グルメ探求ライフを描く、
スピンオフが始動！

「アインクラッド攻略には興味ありません！　食堂の開業を目指します！」

運悪く《ソードアート・オンライン》に閉じ込められてしまったゲーム初心者の姉弟が選んだ選択は《料理》スキルを極めること！？

レアな食材や調理器具を求めて、クエストや戦闘もこなしつつ、屋台をオープン。創意工夫を凝らしたメニューで、攻略プレイヤー達の胃袋もわし掴み！

著／Y・A
イラスト／長浜めぐみ
原案・監修／川原 礫

電撃の新文芸

煤まみれの騎士 I

どこかに届くまで、
この剣を振り続ける――。
魔力なき男が世界に抗う英雄譚！

　知勇ともに優れた神童・ロルフは、十五歳の時に誰もが神から授かるはずの魔力を授からなかった。彼の恵まれた人生は一転、男爵家を廃嫡、さらには幼馴染のエミリーとの婚約までも破棄され、騎士団では"煤まみれ"と罵られる地獄の日々が始まる。
　しかし、それでもロルフは悲観せず、ただひたすら剣を振り続けた。そうして磨き上げた剣技と膨大な知識、そして不屈の精神によって、彼は襲い掛かる様々な苦難を乗り越えていく――！
　騎士とは何か。正しさとは何か。守るべきものとは何か。そして彼がやがて行き着く未来とは――。神に棄てられた男の峻烈な生き様を描く、壮大な物語がいま始まる。

著／美浜ヨシヒコ
イラスト／fame

電撃の新文芸

ご近所JK伊勢崎さんは異世界帰りの大聖女
～そして俺は彼女専用の魔力供給おじさんとして、突如目覚めた時空魔法で地球と異世界を駆け巡る～

著／深見おしお
イラスト／えいひ

「さすがです、おじさま！」会社を辞めた社畜が、地球と異世界を飛び回る！

アラサーリーマン・松永はある日、近所に住む女子高生・伊勢崎聖奈をかばい、自分が暴漢に刺されてしまう。松永の生命が尽きようとしたその瞬間、なぜか聖奈の身体が輝き始め、彼女の謎の力で瀕死の重傷から蘇り――気づいたら二人で異世界に!?　そこは、かつて聖奈が大聖女として生きていた剣と魔法の世界。そこで時空魔法にまで目覚めた松永は、地球と異世界を自由自在に転移できるようになり……!?　アラサーリーマンとおじ専JKによる、地球と異世界を飛び回るゆかいな冒険活劇！

電撃の新文芸

ダンジョン付き古民家シェアハウス

著／猫野美羽
イラスト／しの

ダンジョン付きの古民家シェアハウスで自給自足のスローライフを楽しもう！

　大学を卒業したばかりの塚森美沙は、友人たちと田舎の古民家でシェア生活を送ることに。心機一転、新たな我が家を探索をしていると、古びた土蔵の中で不可思議なドアを見つけてしまい……？　扉の向こうに広がるのは、うっすらと光る洞窟——なんとそこはダンジョンだった!!　可愛いニャンコやスライムを仲間に加え、男女四人の食い気はあるが色気は皆無な古民家シェアハウスの物語が始まる。

電撃の新文芸